# 잠든 보석

**La petite Bijou**
by Patrick Modiano



이 도서의 국립중앙도서관 출판시도서목록(CIP)은
e-CIP 홈페이지(http://www.nl.go.kr/cip.php)에서 이용하실 수 있습니다.
(CIP제어번호: CIP2005001366)

# 작은 보석

파트릭 모디아노 장편소설 | 정혜용 옮김

Patrick Modiano

La Petite Bijou

문학동네

지나를 위하여

마리를 위하여

차례

사람들이 나를 더이상 '작은 보석' 이라고 부르지 않게 된 지 열두 해 가량 흘렀을 때, 나는 퇴근 인파로 붐비는 샤틀레 지하철역에 있었다. 나는 자동보도에 올라서서 끝없이 이어지는 통로를 따라가고 있는 군중 틈에 섞여 있었다. 노란 외투를 걸친 한 여인이 보였다. 외투 색깔이 내 주의를 끌었다. 내게는 자동보도에 올라서 있는 그 여인의 뒷모습만 보였다. 잠시 후 그녀는 '샤토 드 뱅센 방향' 이라고 씌어져 있는 통로로 접어들었다. 이제 우리는 자동 개폐문이 열리기를 기다리면서 계단에 몰려선 채 가만히 서 있었다. 그 여자가 내 옆에 서 있어서 얼굴을 자세히 볼 수 있었다. 놀랍게도 그 얼굴이 엄마와 너무 닮아서 그녀가 엄마라는 생각이 들었다.

사진 한 장에 대한 기억이, 내가 간직하고 있는 엄마 사진 한 장에 대한 기억이 되살아났다. 사진 속의 얼굴은 한밤중에 탐조등 불빛을 받아 환히 드러난 것처럼 조명을 받고 있었다. 나는 그 사진 앞에서 늘 마음이 불편했다. 꿈속에서 매번 누군가—경찰, 시체 안치소 직원—가 신원을 확인해달라며 내밀어 보이는 사진은 범인 수배용 사진이었다. 하지만 나는 잠자코 있었다. 그녀에 대해 아는 것이 아무것도 없었으니까.

그녀는 플랫폼 앞쪽에 몰려서서 열차가 들어오기를 기다리는 다른 사람들로부터 떨어져, 플랫폼 뒤쪽에 놓여 있는 벤치에 앉았다. 그녀 옆에 빈자리가 없어서 나는 뒤에 있는 자동판매기에 기대어섰다. 그 여자의 외투는 재단선을 보건대 전에는 틀림없이 우아했으며, 그 튀는 색깔로 인해 독창적으로 보이기도 했을 것 같았다. 하지만 이제 외투의 노란색은 퇴색해서 거의 회색이 되어 있었다. 그녀는 주변 상황에 무관심해 보여서, 막차 시간까지 그 의자 위에 앉아 있으려는 것은 아닌가 하는 의문마저 들었다. 옆모습이 엄마하고 똑같았다. 끝이 가볍게 들려올라간, 매우 특이하게 생긴 코. 연한 색깔의 눈. 훤한 이마. 머리카락은 더 짧았다. 아니다, 별로 변하지 않았다. 이제 그녀의 머리카락은 금발이라고는 할 수 없었지만, 어차피 나는 엄마가 정말 금발이었는지도 알지 못했다. 입술은 씁쓸한 주름을 지으며 쪼그라들어 있었다.

그녀는 열차 한 대를 그냥 지나쳐 보냈다. 플랫폼은 몇 분 동안 텅 비어 있었다. 나는 그녀 옆에 가서 앉았다. 조금 있으니 다시 사람들이 플랫폼에 몰려들었다. 그녀에게 말을 걸어볼 수도 있었을 것이다. 그러나 나는 적당한 말을 찾지 못했고, 우리 주위에는 사람들이 너무 많았다.

그녀는 의자에 앉은 채 잠이 들려 하고 있었다. 그런데 열차 들어오는 소리가 아직 멀리서 들려오고 있을 때, 그녀가 일어섰다. 나는 그녀를 좇아 열차에 탔다. 큰 소리로 이야기를 나누고 있는 한 무리의 남자들이 우리 사이를 갈라놓고 있었다. 문이 닫히자 평소처럼 반대 방향으로 가는 열차를 탔어야 했는데 하는 생각이 들었다. 나는 다음역에서 내리는 사람들의 물결에 휩쓸려 플랫폼으로 밀려났다가 다시 열차에 올라탔고, 그녀에게 다가갔다.

강렬한 불빛 아래에서 바라본 그녀는 플랫폼에서보다 더 늙어 보였다. 왼쪽 관자놀이에서 뺨까지 흉터가 길게 나 있었다. 대체 몇 살일까? 오십대? 사진을 찍었을 당시 엄마는 몇 살이었을까? 스물다섯? 그 눈빛은 스물다섯 살 때처럼 또렷했고, 놀라움이나 막연한 두려움의 빛을 보이다가 갑자기 냉혹해졌다. 그 눈길이 우연히 내게 와서 머물렀지만, 나를 보고 있는 것은 아니었다. 그녀는 외투 호주머니에서 분첩을 꺼내 열더니 얼굴 가까이에 갖다 대고, 눈에 들어간 먼지를 빼내려는 듯 왼손 새끼손가락으로 눈가를 쓸었다. 열차가 속력을 내자 차량이 덜컹거렸다. 나는 금속 손잡이에 매달렸지만 그녀는 균형을 잃지 않고 그대로 서 있었다. 그녀는 태연하게 분첩에 얼굴을 비춰보고 있었다. 바스티유 역에 이르자, 많은 사람들이 가까스로 열차에 올라탔고, 문이 겨우 다시 닫혔다. 사람들이 밀려들어오기 전에 그녀가 분첩을 다시 집어넣을 시간은 있었다. 저 여자는 어느 역에서 내릴까? 끝까지 저 여자를 따라갈까? 꼭 그래야 하는 걸까? 저 여자가 나와 같은 도시에 살고 있다는 생각에 익숙해져야겠지. 사람들은 엄마가 오래 전에 모로코에서 죽었다고 했고, 난 그 이상 알려고 애써본 적이 없었다. "네 엄마는 모로코에서 돌아가셨단다." 유년기의 기억으로 거슬러 올라가면 무슨 뜻인지 완전히 이해할 수 없는 말들이 있기 마련인데, 이 말도 그중 하나이다. 그런 말들이 당신 기억 속에 남기는 것은 그 울림뿐으로, 내게는 무서움을 불러일으켰던 몇몇 노래 가사들이 그러했다. "작은 배가 한 척 있었다네……" "그녀는 모로코에서 죽었다네."

내 출생 증명서에는 엄마의 출생년도가 1917년으로 기재되어 있었고, 사진을 찍었을 당시 엄마는 자신이 스물다섯 살이라고 말하고 다녔다. 하지만 당시에 이미 엄마는 젊게 보이려고 나이를 속이고 서류들을 위조했을 것이다. 그녀는 사람들이 빽빽하게 들어서 있는 열차 안이 춥기라도 한 듯 외투 깃을 세웠다. 깃 가장

자리가 완전히 닳아 있었다. 언제부터 이 외투를 걸치기 시작했을까? 사진을 찍은 그 무렵부터? 그러니 색이 바랬겠지. 노선 종점에 도착하면, 버스가 우리를 도시 외곽으로 실어나를 것이다. 그때 이 여자에게 접근해야겠다. 리옹 역을 지나자 열차 안의 사람 수는 훨씬 줄었다. 다시 그녀의 시선이 내게 머물렀지만, 승객들이 기계적으로 주고받는 눈길일 뿐이었다. "사람들이 나를 '작은 보석' 이라고 불렀던 것 기억하세요? 당신도 그 당시에는 가짜 성을 썼지요. 올가라는 가짜 이름도요."

이제 우리는 문간에서 가장 가까운 좌석에 마주 앉아 있었다. "전화번호부에서 당신을 찾아보려고 노력했어요. 심지어 당신의 본명과 이름이 같은 네댓 명에게 전화를 걸어보기도 했지요. 하지만 모두 당신에 대해 들어본 적이 없다고 하더군요. 언젠가 모로코에 가봐야겠다고 생각했어요. 당신이 정말 죽었는지 확인할 수 있는 방법은 그것밖에 없었으니까요."

나시옹 역을 지나자 열차 안이 비었지만, 그녀는 여전히 내 맞은편 좌석에 두 손을 모은 채 앉아 있었다. 두 손목이 우중충한 외투 소맷자락 아래로 드러나 있었다. 맨손, 반지 하나 끼지 않고 팔찌 하나 차지 않은 터져 갈라진 손. 사진 속의 엄마는 반지와 팔찌—그 당시에나 볼 수 있었던 육중한 악세사리들—를 주렁주렁 감고 있었다. 하지만 이제는 아무것도 없었다. 그녀는 계속 눈을 감고 있었다. 세 정거장만 지나면 종점일 텐데. 샤토 드 뱅센 역에서 열차가 멈추면, 가능한 한 조용히 일어나서 좌석에 앉아 자고 있는 그녀를 내버려둔 채 내려야겠다. 그리고 조금 전 샤틀레 역 통로에서 노란 외투가 눈에 띄지 않았더라면 올라탔을 퐁 드 뇌이 행 열차로 바꿔타야지.

열차는 베로 역에 서서히 멈추어 섰다. 그녀가 눈을 떴다. 두 눈은 다시 냉혹한 빛을 띠었다. 그녀는 플랫폼에 눈길을 주더니 일어섰다. 나는 지하철역 통로를 따라 다시 그녀를 좇아갔는데, 이번에는 우리뿐이었다. 그때 나는 그녀가 판초라고 불리는 짧은 목양말 모양의 편물 실내화를 신고 있음을 알아차렸다. 그 실내화 때문에 그녀의 전직 무용수다운 걸음걸이는 더욱 두드러져 보였다.

우리는 건물들이 줄줄이 들어서 있는, 뱅센과 생 망데의 경계를 이루는 대로(大路)로 나왔다. 어둠이 내리고 있었다. 그녀는 대로를 건너더니 공중전화 부스로 들어갔다. 붉은 신호등이 몇 차례인가 켜졌다 꺼지고 난 뒤 나도 길을 건넜다. 그녀는 공중전화 부스에서 동전인지 코인인지를 찾느라 꽤 오랜 시간을 보냈다. 나는 공중전화 부스에서 가장 가까운 곳에 있는 상점 진열대에 정신이 팔린 척했다. 그 상점은 약국이었는데, 전면 유리에 입으로 불을 내뿜는 악마를 그린 포스터가 붙어 있었다. 어린 시절에는 그런 그림을 보면 질겁을 하곤 했다. 그녀는 난생처음 전화를 걸어보는 사람처럼 천천히 다이얼을 돌리더니 수화기를 두 손으로 잡고 귀에 댔다. 하지만 신호가 가지 않는 듯했다. 그녀는 수화기를 내려놓더니, 외투 주머니에서 종잇조각을 꺼내들고 시선은 종이 위에 고정한 채 다이얼을 돌렸다. 저 여자에게 돌아갈 집이 있기는 한 걸까 하는 의문이 든 것은 바로 그때였다.

이번에는 누군가 전화를 받은 모양이었다. 유리 너머로 그녀의 입술이 움직이는 게 보였다. 그녀는 여전히 두 손으로 수화기를 잡고 있었고, 집중하려는 것처럼 가끔씩 고개를 흔들었다. 입술이 움직이는 모양을 보니, 점점 언성이 높아가는 듯했다. 하지만 그 격렬함도 이내 잦아들고 말았다. 저 여자가 전화를 걸 만한 사람은 도대체 누구일까? 금속 비스킷 상자 안에는 내게 남겨진 그녀의 몇 안 되는 소지품들이 들어 있었다. 그것들 중 수첩과 주소록은 사진 속의 그 시절, 사람들이 나를 '작은 보석'이라고 부르던 시절의 물건들이었다. 지금보다 어렸을 땐 그 수첩과 주소록을 뒤져보고 싶다는 호기심이 전혀 일지 않았지만, 얼마 전부터 저녁이면 나는 그것들을 뒤적거렸다. 이름들. 전화번호들. 그 번호로 전화해봤자 소용없다는 것은 잘 알고 있었다. 그리고 그러고 싶은 생각도 없었다.

그녀는 전화부스 안에서 계속 뭔가를 말하고 있었다. 너무 대화에 열중해 있는 터라 내가 가까이 다가가도 내 존재를 알아채지 못했다. 전화를 걸기 위해 기다리는 척하면서, 노란 외투를 걸치고 판초를 신은 이 여인이 어떻게 변했는지 더 자세히 알려줄 몇 마디 말을 유리 너머로 주워들을 수도 있을 것 같았다. 하지만 아무 말도 들리지 않았다. 주소록에 올라 있던 이름 중 하나, 그녀가 꾸준히 만나왔거나 아직 생존해 있는 유일한 사람과 통화하고 있는지도 몰랐다. 살아가는 내내 곁에 머물면서, 당신이 무슨 짓을 해도 실망하지 않는 사람이 있다. 그는 찬란하던 시절에 당신을 알게 되었지만, 훗날 당신이 곤궁에 처하게 되어도 여전히 찬탄의 눈길로 따르며 신뢰하는 유일한 사람. 그는 당신에 대해, 흔히 말하듯 '우직한 광부' 처럼 맹목적인 신뢰를 품고 있다. 당신과 다를 바 없는 부랑아. 충직하고 선량한 개. 영원한 천덕꾸러기. 나는 전화선 저쪽 끝에 있는 그 혹은 그녀가 어떻게 생긴 사람일지 상상해보려고 애썼다.

그녀는 전화부스에서 나왔다. 그러고는 내게 무심한 눈길을, 열차 안에서 내게 머물렀던 그 시선을 던졌다. 나는 유리문을 열고 부스 안으로 들어갔다. 그리고 동전 투입구에 코인을 집어넣지 않은 채, 그녀가 멀어지기를 기다리면서 아무 전화번호나 돌렸다. 나는 귀에 수화기를 붙인 채 서 있었다. 신호음이 들리지 않았다. 침묵. 나는 수화기를 내려놓지 못하고 있었다.

그녀는 약국 옆 카페로 들어갔다. 계속 뒤를 따라갈지 잠깐 망설였지만, 그녀가 내 존재를 알아채지 못할 거라고 생각했다. 남들에게 우리 둘은 어떻게 보였을까? 지하철역 군중에 묻혀 방향을 잃은, 나이를 짐작할 수 없는 한 여인과 젊은 아가씨. 누구도 군중으로부터 우리 둘을 가려낼 수는 없었을 것이다. 그리고 우리가 지상으로 올라왔을 때, 우리는 저녁 무렵 파리 외곽의 집으로 돌아가는 수만 명의 사람들과 다를 바가 없었다.

그녀는 안쪽 테이블에 앉아 있었다. 카운터 겸 바를 보고 있던 볼이 통통한 금발 남자가 키르 주 한 잔을 그녀에게 가져다주었다. 저 여자가 매일 저녁 같은 시각에 이곳에 오는지 확인해봐야지. 나는 카페 이름을 기억해두어야겠다고 다짐했다. 파리 대로 96번지 칼시아 카페. 카페 이름은 활 모양을 이루며 흰 글자로 문 유리에 적혀 있었다. 종이와 연필이 생기는 즉시 적어놓기 위해 전철을 타고 돌아가는 내내 그 이름과 주소를 되뇌었다. 사람들은 모로코에 가서 죽지 않아. 생을 일단락짓고 나서도 몰래 계속 살아가는 거야. 그녀는 매일 저녁 칼시아 카페에서 키르 주 한 잔을 마시고, 손님들은 결국 노란 외투를 입은 이 여인에게 익숙해지고 말았다. 그녀에게 질문을 던지는 사람은 아무도 없었지.

나는 그녀가 앉아 있는 곳에서 멀지 않은 테이블에 자리잡고 앉았다. 그리고 그녀에게 들리라고 커다란 목소리로 똑같이 키르

주 한 잔을 주문했다. 그녀가 서로 뭔가 통한다는 표시를 발견하길 기대하면서. 하지만 그녀는 무표정하게 앉아 있을 뿐이었다. 머리는 약간 수그린 채였고, 두 눈은 냉혹한 동시에 우수에 젖어 있었으며, 팔짱을 낀 채 팔꿈치로 테이블을 누르고 있었다. 초상화에서 본 것과 똑같은 자세였다. 어떻게 됐을까, 그 그림은? 어린 시절 내내 그 그림은 나를 따라다녔다. 포송브론 라 포레에 있는 집 침실 벽에 걸려 있는 그림이었다. 사람들은 내게 "네 엄마 초상화란다"라고 말했다. 톨라 순구로프라는 사람이 파리에서 그린 것으로 되어 있었다. 그림 왼쪽 하단에 작가와 도시 이름이 적혀 있었다. 한쪽 손목에 무거워 보이는 사슬 모양의 팔찌를 감고 있는 것만 빼면, 지금과 똑같이 팔짱 낀 모습이었다. 그걸 구실 삼아 말을 걸어볼 수도 있었다. '지난주에 포르트 드 클리냥쿠르 벼룩시장에서 어떤 여인의 초상화를 보았는데, 그녀를 닮으셨네요. 화가 이름이 톨라 순구로프였어요.' 하지만 나는 일어서서 그녀 쪽으로 몸을 기울이고 말을 붙이고 싶은 기분이 들지 않았다. 내가 말 한 번 더듬지 않고 '그 화가는 톨라 순구로프였고, 당신은 올가라고 불렸죠. 하지만 그건 가짜 이름이었어요. 내 출생 증명서에 기록되어 있는 대로라면, 당신의 본명은 쉬잔이었어요' 라고 말하기에 이른다고 치자. 그래, 아주 빠르게 이 말을 뱉어버리고 나면, 그게 내게 무슨 득을 가져다주겠는가? 그녀는 그게 무슨 말인지 못 알아들은 척하거나 무수한 말들을 한꺼번에 입밖으로 쏟아낼 텐데, 오래 전부터 아무하고도 말을 하지 않은 터라 그 말들은 뒤죽박죽 섞여나올 것이다. 하지만 나이와 성을 속이며 초상화를 그리게 하고 사진을 찍던 시절에 그랬던 것처럼 거짓말을 하고 단서들을 뒤섞어놓겠지. 그녀는 가짜 이름까지 사용했었다. 심지어 가짜 귀족 칭호까지. 그녀는 아일랜드 귀족 가문에서 태어난 것으로 되어 있었다. 한 아일랜드 남자가 그녀의 인생에 잠시 등장했던 것 같다. 그렇지 않았다면 그런 생각을 하진 못했겠지. 한 아일랜드 남자. 어쩌면 내 아버지일 수도 있는. 그를 찾아내긴 몹시 어려울 것이고, 그녀는 그를 잊었을 것이다. 그녀는 그 나머지도 전부 잊었을 것이고, 따라서 내가 그 이야기를 꺼냈다면 굉장히 놀랐을 것이다. 내가 아닌 다른 여자겠죠. 거짓말들은 시간이 흐르면서 사라져버렸다. 하지만 그 시절 그녀는 그것을, 그 모든 거짓말을 믿었을 것이 분명하다.

볼이 통통한 금발 남자가 다시 그녀에게 키르 주 한 잔을 가져다주었다. 이제 카운터 겸 바 앞은 사람들로 붐볐다. 곧 그들이 자리를 모두 차지했다. 그렇게 소란스러운 가운데 우리가 이야기를 나눌 수는 없었을 것이다. 난 여전히 열차 안에 있는 느낌이었다. 아니, 차라리 어떤 기차를 타야 할지 정확히 모른 채 대합실에 앉아 있는 것 같았다고나 할까. 하지만 그녀는 이제 기차를 탈 일이 없었다. 그녀는 자꾸 집에 돌아갈 시간을 늦추고 있었다. 집이 여기서 그다지 멀지 않은 것 같았다. 그곳이 어디일지 정말 궁금했다. 그러나 그녀에게 말을 걸고 싶은 생각은 전혀 없었고, 그녀에 대해 특별한 감정도 일지 않았다. 상황이 우리 사이에 따뜻한 인간적 교감이라고 할 만한 것이 흐를 수 없게 한 것이었다. 내가 유일하게 알고 싶은 것, 그것은 모로코에서 사망한 지 열두 해가 흐른 지금, 그녀가 영락하고 만 곳이 어디인가 하는 것이었다.

성이나 요새 근처의 골목길이었다. 나는 그 둘 사이의 차이점을 잘 모른다. 길가에는 나지막한 집과 차고들, 심지어 마굿간까지 늘어서 있었다. 거리 이름까지도 카르티에 드 카발르리*였다. 오른쪽 인도 가운데쯤, 어두운 벽돌건물이 육중한 모습을 드러내고 있었다. 우리가 그 길로 접어들었을 때는 어둠이 내리고 있었다. 난 줄곧 그녀 뒤를 몇 미터쯤 떨어져 걷고 있다가, 차츰 간격을 좁혀갔다. 나란히 걷더라도 그녀는 눈치채지 못하리라 확신했다. 낮에 그 거리에 다시 가보았다. 당신은 그 벽돌건물을 지나쳐 저곳, 휑하니 뚫린 곳으로 나가려는 참이었다. 하늘은 활짝 개어

* 프랑스어로 '기병대 구역'을 의미함.

있었다. 하지만 거리 끝에 이르렀을 때, 당신은 이 거리가 공터로 이어진다는 것을 깨달았다. 팻말이 하나 서 있었다. '연병장' 이라고 씌어져 있었다. 그 너머로 뱅센 숲이 시작되고 있었다. 밤에 이 거리는 근교 지역에서 흔히 볼 수 있는 거리들과 다를 바 없었다. 아스니에르, 이시 데 물리노, 르발루아…… 그녀는 천천히, 전직 무용수 같은 걸음걸이로 나아가고 있었다. 판초를 신고 그렇게 걷기란 쉽지 않았을 것이다.

그 건물은 육중한 몸집으로 다른 모든 건물을 내리누르고 있었다. 왜 이 거리에 그런 건물을 지었을까 하는 생각이 들었다. 1층에 있는 식료품 가게가 막 문을 닫으려 하고 있었다. 이미 네온 간판은 꺼졌고 계산대에만 불이 밝혀져 있었다. 가게 뒤쪽 진열대에서 통조림통을 하나, 그리고 또 하나 집어드는 그녀의 모습이 유리를 통해 들여다보였다. 그녀는 검은색 꾸러미도 집어들었다. 커피일까? 치커리 분말일까? 그녀가 계산대에 다 와서 몸을 잘못 놀리는 통에 끌어안고 있던 통조림통들과 꾸러미가 바닥에 떨어졌다. 카운터를 보던 남자가 그 물건들을 주워올렸다. 그는 그녀에게 미소를 지어 보였다. 두 사람의 입술이 동시에 움직였다. 그 남자가 그녀를 뭐라고 부르는지 알 수 있었더라면 좋았을 텐데. 그녀의 처녀 적 진짜 이름으로 불렀을까? 그녀는 가게를 나섰고, 여전히 통조림통들과 꾸러미를 갓난아이 안 듯이 품에 꼭 안고 있었다. 하마터면 나는 도와주겠다고 나설 뻔했지만, 파리 근교의 군대 주둔지에서 헤매고 있는 내게 갑자기 카르티에 드 카발르리라는 거리가 파리에서 너무 멀게 느껴졌다. 곧 상점들이 모두 문을 닫아버리면, 도시는 텅 비어버리고 나는 마지막 열차를 놓치게 되겠지.

그녀는 철책 문을 밀고 들어갔다. 그 육중하고 어두운 벽돌건물을 멀리서 봤을 때부터 그녀가 그곳에 살 것이라 예감했었다. 그녀는 정원을 가로질렀다. 정원 안쪽으로는 거리를 향해 나 있는 건물과 비슷한 여러 채의 건물이 솟아 있었다. 그녀는 장 본 것을 떨어뜨릴까 두려운 듯 점점 더 천천히 걸었다. 뒤에서 보면 자기 힘에 버겁게 너무 무거운 것을 들고 있어서, 언제 무너져내릴지 모르는 것은 바로 그녀인 것 같았다. 그녀는 정원 제일 안쪽 왼편에 있는 건물로 들어갔다. 건물 입구마다 표지판이 붙어 있었다. 층계 A. 층계 B. 층계 C. 층계 D. 그녀가 들어간 곳은 층계 A였다. 나는 잠시 건물 앞에 서서 어느 창문엔가 불이 켜지기를 기다렸다. 하지만 괜히 기다린 셈이 되었다. 혹시 엘리베이터가 있는 것이 아닐까 생각했다. 통조림통들을 꼭 껴안고 층계 A를 오르는 여자의 모습을 상상해보았다. 돌아가는 열차 안에서도 그 모습은 내 머릿속을 떠나지 않았다.

나중에 몇 번 더 밤에 똑같은 길을 다시 가보았다. 나는 그녀를 처음 보았던 그 시각에 샤틀레 역 벤치에 앉아 노란 외투가 나타나기를 이제나저제나 기다렸다. 열차가 떠나자 자동 개폐문이 열리고, 문 뒤에서 기다리고 있던 승객들이 쏟아져나와 플랫폼 위로 흩어진다. 다음 열차가 들어오면, 사람들은 다시 열차에 빽빽하게 올라탈 것이다. 플랫폼이 비고 가득 차길 반복하는 동안 결국 주의력은 풀어지고 만다. 수없이 오가는 사람들의 물결에 정신이 멍해진 당신은 더이상 아무것도, 심지어 노란 외투마저도 똑똑히 볼 수가 없다. 당신은 갑작스레 몰려드는 거대한 물결에 휩쓸려 열차칸으로 밀려들어가고 만다. 그 시절에는 역마다 똑같은 광고 포스터가 줄줄이 나붙었던 것이 기억난다. 어느 산장의 저녁 식탁에 앉아 있는 세 명의 금발 아이와 부부. 램프 불빛이 그들의 얼굴을 비추고 있고, 밖에는 눈이 내리고 있다. 성탄절일 것이다. 상단에는 "퀴피에, 온 가족이 즐기는 초콜릿"이라고 적혀 있다.

첫째 주에는 뱅센에 단 한 번 가보았다. 그 다음 주에는 두 번. 그러고 나서도 두 번 더 갔다. 저녁 일곱시 무렵의 카페에는 사람이 많아서 눈에 띌까 걱정할 필요가 없었다. 두번째로 갔을 때는 대담하게도, 서빙하는 볼이 통통한 금발 남자에게 혹시 노란 외투를 입은 부인이 오늘 오는지 물어보았다. 그는 못 알아들었다는 표정으로 미간을 찌푸렸다. 옆 테이블에서 그를 부르고 있었다. 그는 내 말을 듣지 못한 것 같았다. 어쨌든 내게 대답해줄 시간도 없었을 것이다. 그 시간은 그에게도 손님으로 가장 붐비는 시간이었다. 어쩌면 그녀는 이 카페의 단골이 아닐 수도 있었다. 그녀는 이 동네에 사는 것이 아니다. 그녀가 공중전화로 통화했던 사람이 그 벽돌건물에 살고 있어서 그날 저녁 그를 방문하러 온 것이고, 그에게 통조림들을 사다준 것이다. 내가 그랬듯 나중에 그녀도 반대 방향으로 가는 열차를 타고, 내가 결코 주소를 알 수 없을 자기 집으로 돌아갔던 것이다. 단서라고는 층계 A뿐이었다. 하지만 층마다 멈춰 서서 문을 두드려야 할 것이나. 그리고 다행히 문을 열어준다 해도, 혹시 오십대에 얼굴에 흉터가 있는, 노란 외투의 여인을 아느냐고 물어보아야 할 것이다. 맞아요, 지난 주 언젠가 저녁나절에 그녀가 길가 가게에서 통조림들과 커피 한 꾸러미를 사가지고 왔지요. 그들이 도대체 내게 무슨 대답을 해줄 수 있겠는가? 나는 온갖 상상을 해보았다.

다섯째 주에 마침내 그녀가 다시 나타났다. 지하철역에서 올라오는데, 공중전화 부스 안에 있는 그녀가 눈에 띄었다. 노란 외투 차림이었다. 혹 그녀도 막 열차에서 내린 것이 아닐까 추측해보았다. 그렇다면 그녀의 삶에도 정해진 시간대에 규칙적으로 오가는 길이 있는 것이리라…… 그 시각에 지하철을 타는 모든 사람처럼 그녀에게도 매일 출퇴근해야 하는 직장이 있다고는 거의 상상할 수 없었다. 샤틀레 역, 이것만으로 그 이상을 짐작하기에는 너무 막연했다. 저녁 여섯시경, 네 곳의 주요 환승지점으로 뿔뿔이 흩어져나가기 전, 수만 명의 사람이 샤틀레 역으로 흘러들어온다. 그들의 자취는 서로 뒤섞이다가 완전히 묘연해지고 말지만, 이 흐름 속에도 고정점들은 존재한다. 역 벤치에 앉아 마냥 기다리지 말았어야 했나보다. 매표소나 신문 가판대가 설치된 지점들, 에스컬레이터가 있는 넓은 통로와 다른 통로들에서도 한참씩 기다려봤어야 했다. 그런 장소에는 종일을 그곳에서 보내는 사람들이 있다. 어느 정도 시간이 흘러 익숙해지고 나서야 눈에 띄는 존재들. 부랑자들. 떠돌이 악사들. 소매치기들. 결코 다시 지상으로 올라오지 않을 방랑자들. 어쩌면 그녀도 하루 종일 샤틀레 역을 벗어나지 않을지도 몰랐다. 나는 공중전화 부스 안에 있는 그녀를 유심히 살펴보았다. 처음 봤을 때처럼 금방 통화가 이루어지지 않는 듯했다. 그녀는 다시 다이얼을 돌렸다. 그러고는 무슨 말인가 했다. 지난 저녁보다 통화 시간은 훨씬 짧았다. 그녀는 매몰차게 전화를 끊고는 공중전화 부스에서 나왔다. 이번에는 카페에 들르지 않았다. 여전히 그녀는 나이 든 무용수 같은 걸음걸이로 파리 대로를 따라 걸었다. 우리는 샤토 드 뱅센 역에 이르렀다. 왜 이 여자는 노선 종착역인 이 역에서 내리지 않았을까? 공중전화에서 전화를 걸고 집에 돌아가기 전 카페에 들러 키르 주를 한 잔 마시기 위해? 내가 그녀를 보지 못한 다른 날 저녁에는? 그땐 샤토 드 뱅센 역에서 내린 것이 틀림없었다. 그녀에게 말을 걸어야 했다. 그러지 않으면 누군가 뒤를 밟고 있다는 것을 그녀가 알아채고 말리라. 나는 가능한 한 가장 짧은 문장을 찾고 있었다. 아무렇지도 않게 그녀에게 손을 내밀어야겠다. "당신은 나를 '작은 보석' 이라고 불렀어요. 기억하시죠……"라고 말해야지. 그러나 그 벽돌건물이 가까워지고 있었다. 첫날 저녁과 마찬가지로 그녀에게 다가가고 싶은 기분이 들지 않았다. 오히려 그녀가 멀어져 가는 대로 내버려두었다. 두 다리가 납덩이처럼 무거워졌다. 그러나 그녀가 멀어져감에 따라 일종의 안도감도 들었다. 그날 저녁 그녀는 통조림을 사기 위해 가게에 들르지 않았다. 그녀는 정원을 가로질러갔고, 나는 철책문 뒤에 남아 있었다. 마당을 밝히고 있는 것은 층계 A 입구에 걸려 있는 알전구 하나뿐이었다. 그 불빛 아래서 그녀의 외투는 원래의 노란색을 되찾았다. 등이 살짝 굽은 그녀가 층계 A 입구를 향하여 기진맥진한 발걸음으로 나아가고 있었다. '작은 보석' 이라고 불리던 시절에 읽은 그림책 제목이 기억 속에 되살아났다. '서커스의 늙은 말.'

그녀가 사라지자 나는 철책문을 밀고 들어갔다. 왼편에 유리를 끼워놓은 문이 있었고, 그 위에 알파벳 순서로 이름과 해당 층을 적어놓은 팻말이 붙어 있었다. 유리문에 불빛이 어른거리고 있었다. 나는 문을 두드렸다. 문이 빠끔히 열리더니, 짧은 갈색머리의 젊은 여자의 얼굴이 나타났다. 나는 이 건물에 살고 있는 어떤 부인을 찾고 있다고 말했다. 노란 외투를 입는, 혼자 사는 부인을.

그녀는 문을 닫아버리지 않고, 어떤 이름을 기억해내려고 애쓰는 것처럼 미간을 찌푸렸다.

"보레 부인이 틀림없겠군요. 층계 에이에…… 몇 층인지는 잊어버렸어요."

그녀는 팻말 위의 이름들을 손가락으로 짚어 나가다 그중 하나를 내게 가리켜 보였다. 보레. 층계 A. 5층. 나는 건물로 둘러싸인 정원을 가로질러가기 시작했다. 관리인 숙소의 문이 닫히는 소리가 들리자, 나는 발걸음을 돌려 거리로 나왔다.

*

그날 저녁 집으로 돌아가는 내내, 나는 그 이름을 잊어버리지 않을 거라고 확신했다. 그랬다. 그 이름은 예전에 내가 외삼촌이라고 생각하고 있던 장 보랑이라는 남자의 이름과 비슷했다. 그는 목요일이면 나를 자신의 차고로 데려갔다. 단순한 일치였을까? 하지만 내 출생 증명서에 기록되어 있는 엄마의 성은 쇼비에르였다. 엄마가 직접 고른 이름 오도예는 이를테면 예명이었다. 엄마가 그 이름을 쓴 건 나 또한 '작은 보석'이라고 불리던 시절의 일이었다. 방에 돌아온 나는 다시 사진들을 들여다보고, 낡은 비스킷 상자 안에 정리되어 있던 수첩과 주소록을 뒤적였다. 그러다가 우연히 아주 익숙한 초등학생용 공책에서 찢어낸 종이 한 장에 눈길이 가닿았다. 푸른색 잉크로 자잘하게 적어놓은 글씨는 엄마의 글씨체가 아니었다. 종이 위쪽에는 '올가 쇼비에르'라고 적혀 있었다. 이름 아래 그어놓은 짤막한 줄 하나. 그리고 여백까지 넘쳐나는 글귀들.

어긋난 약속. 9월에 불행. 금발머리 여자와 다툼. 위험스럽고 손쉬운 해결책을 따라가는 경향. 잃어버린 물건은 절대로 되찾지 못함. 프랑스인이 아닌 남자에게 마음을 뺏김. 앞으로 몇 달 안에 변화. 7월 말을 조심할 것. 모르는 사람의 방문. 위험은 없으나 어쨌든 조심 요(要). 여행은 잘 완결됨.

엄마는 카드점 치는 여자나 손금 보는 여자를 만난 것이다. 미래를 그다지 확신할 수 없었기 때문이리라. 위험스럽고 손쉬운 해결책을 따라가는 경향. 엄마는 무한궤도 열차나 제트 코스트라고 부르는 놀이기구를 탔을 때처럼 갑작스럽게 겁이 난 것이다. 내리기에는 너무 늦었고 속도는 점점 빨라지니, 이러다 곧 탈선하게 되는 것은 아닐까라는 의문이 들기 마련이다. 엄마는 곧 굴러떨어질 거라고 느낀 것이다. 9월에 불행. 아마도 갑자기 나 혼자 시골에 남아 있게 된 그 여름이겠지. 기차는 사람들로 터져나갈 것 같았다. 내 목에는 주소를 적어둔 종이쪽지가 매달려 있었다. 잃어버린 물건은 절대로 되찾지 못함. 얼마 후 시골에서 나는 우편엽서 한 장을 받았다. 그 엽서는 아직도 비스킷 상자 안에 처박혀 있다. 카사블랑카. 프랑스 광장. "너를 무척 사랑하는 엄마가." 서명조차 되어 있지 않았다. 수첩과 주소록에 적혀 있는 글씨와 똑같은 커다란 글씨체. 엄마 세대가 어렸을 때는 여자아이들에게 글씨를 아주 크게 쓰도록 가르쳤다. 프랑스인이 아닌 남자에게 마음을 뺏김. 도대체 누굴까? 주소록에는 프랑스식이 아닌 이름이 여럿 있다. 7월 말을 조심할 것. 바로 그 달에 나는 포송브론 라 포레의 시골로 보내졌다. 내 방 벽에는 톨라 순구로프의 그림이 걸려 있어서, 아침에 깨어날 때마다 엄마의 두 눈이 나를 뚫어지게 바라보고 있었다. 우편엽서를 받은 뒤로는 어떠한 기별도 없었다. 아침에도 그리고 저녁에도, 잠자리에 들 때, 책을 읽을 때, 혹은 아플 때에도, 엄마가 남긴 거라곤 그 시선뿐이었다. 얼마쯤 시간이 흐르고 난 뒤, 나는 그 시선이 내게 고정되어 있지 않고 허공을 헤매고 있음을 깨닫게 되었다.

위험은 없으나 어쨌든 조심 요. 여행은 잘 완결됨. 스스로를 안심시키기 위해 어둠 속에서 자신에게 되풀이해서 들려주는 말들. 점쟁이를 만나러 간 날, 이미 엄마는 모로코로 떠나야만 한다는 것을 알고 있었을 것이다. 그리고 어쨌든 점쟁이 여자는 그것을 카드나 손금에서 읽어낸 것이다. 여행. 나를 오스테를리츠 역까지 바래다준 것을 보면, 엄마는 내가 떠나고 난 뒤에 출발한 것이다. 센 강을 따라 자동차를 타고 지나갔던 길이 생각났다. 여러 해가 지난 뒤, 오스테를리츠 역 근처를 지나가기만 해도 기분이 이상해진다는 것을 깨닫게 되었다. 갑자기 추위가 더 심해지고 어둠은 더 짙어지곤 했다.

지금은 과연 그 그림이 어디에 있는지 알 수 없었다. 예전에 내가 쓰던 포숑브론 라 포레의 침실에 그대로 놓아뒀을까? 아니면, 이 모든 시간이 흐른 지금 내가 상상하는 것처럼 파리의 관문마다 자리잡은 벼룩시장들 중 어느 한 곳으로 굴러들어간 것일까. 엄마는 수첩에 자신의 초상화를 그린 톨라 순구로프의 주소를 적어 두었다. 그의 이름은 S칸에 적혀 있었다. 잉크 색깔이 다른 글씨들과 달랐고, 글씨체는 정성들여 쓰려 한 듯 조금 작았다. 추측건대, 톨라 순구로프는 엄마가 파리에 온 지 얼마 안 되었을 때 알게 된 인물들 중 하나인 것 같았다. 엄마는 어느 날 저녁, 아직 어린 아이였을 때, 오스테를리츠 역에 도착했을 것이다. 나는 그러리라고 거의 확신했다. 여행은 잘 완결됨. 나는 카드점 치는 여자가 틀렸다고 생각하지만, 어쩌면 손님들을 절망에 빠뜨리지 않기 위해 진실의 일부를 숨겼을 수도 있다. 파리에 도착하던 그날, 오스테를리츠 역에 내린 엄마가 무슨 옷을 입고 있었는지 알 수 있다면 좋았을 텐데. 물론 그 노란 외투는 아닐 것이다. '서커스의 늙은 말' 이라는 그림책을 잃어버린 것도 후회스러웠다. 그 책을 받은 것은 포숑브론 라 포레의 시골에 있을 때였다. 아니, 그게 아니던가…… 파리의 아파트에 살 때 이미 그 책을 갖고 있었던 것 같다. 게다가 그 그림 역시 그 아파트의 침실 벽에, 하얀 플러시 천이 깔려 있는 계단 세 개를 올라가면 나오는 커다란 침실 벽에 걸려 있었다. 책 표지에는 검은색 말이 또렷하게 그려져 있었다. 트랙을 돌고 있는 말 그림이었는데, 머리를 떨군 채 지친 표정으로 한 발짝 내디딜 때마다 쓰러질 것만 같은 모습이 마지막 바퀴를 도는 듯했다. 그래, 그녀가 그 건물의 정원을 가로질러가는 것을 볼 때마다 불현듯 그 검은 말 그림이 생각났었다. 그 말은 트랙을 따라 돌고 있고, 마구는 정말이지 그 동물을 짓누르는 것만 같았다. 그것은 외투 색깔과 같은 색이었다. 노란색.

퇴근 길 지하철에서 엄마라고 생각되는 사람을 만나기 며칠 전, 나는 모로 혹은 바드마에브라고 불리는 사람을 만났다. 클리시 대로에 있는 마테 서점에서였다. 그 서점은 늦게까지 문을 열었다. 나는 탐정소설을 고르고 있었다. 자정이었고, 손님은 우리 둘뿐이었다. 그는 내게 추리소설을 한 권 권해주었다. 서점에서 나온 우리는 대로변의 가로수 길을 따라 걸으면서 이야기를 나누었다. 때때로 그의 억양이 이상해서 외국 사람인가 하는 생각이 들었다. 나중에 그는 바드마에브라는 자신의 성이 얼굴도 알지 못하는 아버지로부터 물려받은 것이라고 설명해주었다. 러시아인 아버지. 하지만 어머니는 프랑스인이었다. 우리가 처음 만난 그 날, 그가 주소를 적어준 종잇조각 위에는 '모로 바드마에브'라고 적혀 있었다.

우리는 이런저런 별로 중요하지 않은 이야기를 나누었다. 그날 밤 그는 포르트 도를레앙 쪽에 살고 있으며 이곳에는 우연히 들른 거라고 말한 것 외에는 별다른 이야기를 하지 않았다. 우연치고는 다행이군요, 당신을 알게 되었으니. 그는 내가 탐정소설 말고 다른 소설도 읽는지 알고 싶어했다. 나는 피갈 역까지 그를 배웅해주었다. 그는 우리가 다시 만날 수 있을지 물었다. 그리고 미소를 지으며 내게 말했다.

"그렇게 우리는 좀더 명확히 보려고 하겠지요."

그 말에 나는 굉장히 충격을 받았다. 마치 그가 내 생각을 읽기라도 하는 것 같았다. 그랬다. 나는 좀더 명확하게 보고 싶어하는 삶의 시기에 도달해 있었다.

처음부터, 가장 오래된 유년기의 기억에서부터 모든 것은 내게 너무 혼란스러웠다…… 때때로 새벽 다섯시경이면 그 기억들이 나를 찾아왔다. 당신이 다시 잠들지 못하는 그 위험한 시간에. 그러면 나는 일찍 영업을 시작하는 카페들이 문을 여는 시간까지 기다렸다가 거리로 나섰다. 바깥으로 발을 내딛기만 하면 그 기억들이 악몽의 편린처럼 녹아 사라져버리고 말리라는 것을 너무나 잘 알고 있었다. 그리고 그건 어느 계절이든 마찬가지였다. 아직 어둠이 깔려 있고 대기는 차가운 겨울아침, 반짝이는 불빛들과,

음모를 꾸미기라도 하는 듯 카페 바 주위에 몰려 있는 첫손님들은 당신에게 오늘 하루도 새로운 모험이 되리라는 환상을 불러일으킨다. 그리고 당신은 아침나절 얼마간은 이 환상에 젖어 있다. 아직 도로가 한산하고 무척 더울 것 같은 여름날이면, 나는 제일 먼저 문을 연 카페 테라스에 앉아, 블랑슈 거리를 따라 내려가기만 하면 강가에 이를 거라고 생각했다. 그런 아침이면 나쁜 추억들은 모두 자취를 감추어버렸다.

모로 바드마에브라는 사람은 포르트 도를레앙 근처에 있는 카페 코랑탱에서 만나자고 했다. 내가 먼저 도착했다. 벌써 어둠이 깔리고 있었다. 저녁 일곱시였다. 그는 사무실에서 일하기 때문에 그보다 더 일찍 올 수는 없다고 말했다. 스물다섯 살쯤으로 보이고 갈색머리에 가죽 재킷을 걸친 키 큰 남자가 들어오는 것이 보였다. 그는 금방 나를 알아보고 내 맞은편에 와서 앉았다. 그가 나를 알아보지 못할까봐 겁이 났었다. 그는 내가 '작은 보석'이라고 불렸다는 것을 절대 알 수 없을 거야. 나 말고 누가 아직까지 그 사실을 알고 있겠는가? 엄마? 조만간 그에게 이 이야기를 해야겠지. 좀더 명확히 보기 위해서.

그는 내게 미소를 지어 보였다. 그러고는 약속을 지키지 못할까봐 걱정했다고 말했다. 오늘 저녁엔 평소보다 늦게까지 사무실에 붙잡혀 있었어요. 근무시간이 주 단위로 바뀌지요. 요즘은 낮에 일하지만, 다음주엔 밤 열시부터 아침 일곱시까지 일할 거예요. 나는 그에게 무슨 일을 하냐고 물어보았다. 외국 라디오 방송을 청취하고 그걸 번역, 요약하는 일이에요. 통신사인지 정부부처인지, 나로서는 잘 모를 어떤 기관을 위해 하는 일이라고 했다. 난 이십여 개 언어를 알고 있기 때문에 고용되었어요. 그의 말은 프랑스어밖에 모르는 내게 깊은 인상을 남겼다. 하지만 그는 그게 그렇게 어려운 것이 아니라고 말했다. 일단 두세 개의 언어를 배우고 나면, 그 길로 계속 나아가기만 하면 돼요. 누구든지 할 수 있는 일이랍니다. 아, 저는 무슨 일을 하냐고요? 현재로서는 자잘한 파트타임 일들을 하고 있지만, 어쨌든 고정적인 일거리를 찾게 되길 바라고 있어요. 정말 필요하거든요. 특히 정신건강을 위해서요.

그는 내 쪽으로 몸을 숙이더니 목소리를 낮추었다.

"왜요? 우울한가요?"

나는 그 질문에 크게 놀라지 않았다. 그를 거의 모르는 상태였지만, 함께 있으면 안심이 되었다.

"당신이 살면서 추구하는 게 정확히 뭔가요?"

그는 모호하고 거창한 질문을 해놓고 미안해하는 것 같았다. 그는 엷은 색 눈으로 나를 지켜보고 있었다. 그의 눈 색깔은 거의 회색에 가까운 파란색이었다. 두 손 또한 매우 아름다웠다.

"내가 인생에서 추구하는 것은……"

나는 있는 대로 기운을 짜냈다. 정말이지 뭔가 대답해야만 했다. 그처럼 스무 개의 언어를 말하는 사람은 내가 아무 대답도 못하는 걸 이해하지 못하겠지.

"내가 찾는 건…… 인간적인 접촉이에요."

그가 내 답변에 실망한 것 같진 않았다. 다시 나를 감싸며, 내 시선을 떨구게 하는 그의 엷은 색 두 눈. 그리고 테이블 위에 올려놓은 잘생긴 두 손. 나는 그 길고 섬세한 손가락들이 피아노 건반 위를 달리는 모습을 상상했다. 나는 시선과 손에 너무 민감했다…… 그가 말했다.

"조금 전 당신이 한 말 중에 나를 놀라게 한 단어가 있어요…… '고정적'이라는 말……"

그런 말을 했는지 나는 아무 기억이 없었다. 하지만 내가 한 몇 마디 말을 그가 중요하게 여겼기 때문에 나는 우쭐해졌다. 그처럼 평범한 말을 중요하게 여기다니.

"문제는, 바로 고정점을 찾는 것이죠……"

그 순간, 그는 침착한 태도와 부드러운 목소리에도 불구하고 나만큼이나 불안해 보였다. 게다가 그는, 물살에 휩쓸려들어갔는데 붙잡을 것 하나 없이 떠 있는 것처럼 불쾌한 느낌이 들지는 않는지 물었다.

그랬다, 내가 느끼는 것과 거의 비슷했다. 샤틀레 역의 자동보도만큼이나 규칙적으로 미끄러져가는, 구별되지 않는 나날들이 이어지고 있었다. 나는 끝없는 통로를 따라 휩쓸려가고 있어서 발을 옮겨놓을 필요조차 없었다. 그런데 다음날 저녁, 갑자기 노란 외투를 보게 된 것이다. 결국 섞여들고 만 이 이름 모를 군중 속에서, 나 자신에 대하여 좀더 알기를 원한다면 시야에서 놓쳐서는 안 될 어떤 색깔이 드러나게 된 것이다.

"인생이 이처럼 부유하게 하지 않으려면 고정점을 찾아내야 해요……"

그는 자신이 한 말의 진지함을 완화시키고 싶기라도 한 듯 내게 미소를 지었다.

"한 번 고정점을 찾게 되면, 그땐 모든 게 더 좋아지겠죠?"

나는 그가 내 이름을 기억해내려고 애쓰고 있음을 느꼈다. "사람들은 나를 '작은 보석'이라고 불렀어요"라고 나를 다시 소개하고 싶은 충동이 일었다. 그에게 처음부터 모두 설명하리라. 하지만 나는 그냥 이렇게만 말했다.

"내 이름은 테레즈예요."

지난밤, 가로수 길을 걸으며 이름이 무어냐고 물었을 때 그는 대답했었다. "이름은 없어요. 그냥 바드마에브라고 부르세요. 아니면 모로라고 하든지요. 그게 더 편하다면 말입니다." 나는 그

대답에 놀랐지만, 나중에 생각해보니, 자신을 보호하고 거리를 유지하려는 의지인 것 같았다. 그는 사람들과 지나치게 내밀한 관계를 맺고 싶어하지 않았다. 아마도 뭔가 숨기고 있는지도 몰랐다.

그는 자기 집에 들렀다 가지 않겠냐고 제안했다. 책을 빌려주겠다는 것이었다. 주르당 대로 저편으로 코랑탱 카페와 마주한 곳에 집들이 몰려 있었는데, 그는 그곳에 살고 있었다. 얼마 후 뱅센에서 보게 될, 엄마가 가로질러 걷던 정원 있는 그 건물처럼 벽돌로 지은 건물이었다. 우리는 비슷비슷해 보이는 건물들을 따라서 걸어갔다. 몽티셀리 가 11번지에 이르자 우리는 건물 5층까지 걸어서 올라갔다. 문을 여니 짙은 붉은색 리놀륨을 깐 복도가 나타났다. 우리는 복도 끝에 있는 그의 방으로 들어갔다. 맨바닥에 놓여 있는 매트리스, 그리고 벽을 따라 쌓여 있는 책들. 그는 내게 창가에 놓인 하나밖에 없는 의자에 앉으라고 권했다.

"잊어버리기 전에…… 책을 줘야지……"

그는 쌓여 있는 책들 위로 몸을 숙이고 한 권 한 권 살펴보았다. 그러고는 마침내 붉은 표지 때문에 다른 책들과 확연히 구분되는 책 한 권을 뽑아들더니 내게 내밀었다. 나는 제목이 적혀 있는 페이지를 열었다. '삶의 경계에서.'

그는 미안해하는 것 같았다. 그가 다시 말했다.

"흥미가 없으면 읽지 않아도 돼요."

그는 침대 가에 앉아 있었다. 방 안을 밝히고 있는 것은 긴 삼각대 끝에 매달아놓은 알전구 하나가 전부였다. 전구는 아주 작았고 밝기가 너무 약했다. 침대맡 탁자를 놓을 자리에는 엄청나게 큰 라디오가 천에 덮인 채 놓여 있었다. 그와 비슷한 것을 포송브론 라 포레에서 본 적이 있었다. 그는 내가 무엇을 보고 있는지 알아차렸다.

"내가 아주 좋아하는 라디오예요. 일할 때 가끔 그걸 사용하지요. 집에서 일할 수 있을 때……"

그는 몸을 숙이더니 스위치를 돌렸다. 녹색 불이 들어왔다.

외국어로 말하는 희미한 목소리가 들려왔다.

"내가 어떻게 일하는지 알고 싶어요?"

그는 라디오 위에 놓여 있던 서간용 노트와 볼펜을 들더니 라디오에서 나오는 목소리와 같은 속도로 적어나갔다.

"아주 쉬워요…… 전부 속기로 적어요."

그는 내게 다가와 종이를 내밀었다. 그날 저녁 이후로 난 늘 그 종이를 지니고 다녔다.

속기로 적어놓은 글 조금 아랫부분에 다음과 같이 적혀 있었다.

Niet lang geleden slaagden matrozen er in de sirenen,

enkele mijlen zuidelijd van de azoren, te vangen.

그리고 번역한 문장. "아조레즈 제도에서 남쪽으로 몇 마일 떨어진 해상에서 선원들이 인어 잡기에 성공한 것은 그리 오래 전 일이 아니다."

"네덜란드어예요. 목소리에는 앙베르 지역의 플랑드르 억양이 조금 섞여 있지만."

그는 스위치를 돌려 아무 소리도 들리지 않게 했다. 초록색 불빛은 여전히 빛나고 있었다. 자, 그러니까 이게 그의 일이었다. 방송물 목록을 받아 낮이나 밤에 듣고 다음날까지 그것들을 번역해줘야 했다.

"때때로, 아주 먼 곳에서 보내는 방송들도 있어요…… 희한한 언어들로 말을 하죠."

그는 번역 연습을 위해 밤에 방에서 그 방송들을 들었다. 나는 초록색 불빛 한 가닥이 뚫고 지나가는 어둠 속에서 침대에 누워 있는 그의 모습을 상상해보았다.

그는 다시 침대 가에 앉았다. 그는 이 아파트에 살게 된 이래 부엌을 거의 사용하지 않는다고 말했다. 다른 방이 하나 더 있지만 그 방은 비워두고 들어가지 않는다고도. 온갖 외국 라디오 방송을 들어야 하다보니 자신이 어느 나라에 있는지 알 수 없는 지경이 되고 만다는 이야기도 했다.

창문 밖으로 넓은 마당과, 층마다 불빛이 흘러나오고 있는 건물들의 전면이 내다보였다. 그러고 나서 얼마 후, 뒤를 밟아 엄마가 살고 있는 곳까지 처음 가보았을 때, 엄마 방에서 바라다보이는 경치가 모로 바드마에브의 집에서 내다보이는 경치와 똑같을 거라고 생각했다. 엄마의 이름을 발견하리라는 희망을 품고 전화번호부를 뒤지다 그곳에 살고 있는 사람들의 수에 놀랐다. 오십여 명이나 되었고, 혼자 살고 있는 여자만 해도 십여 명이었다. 하지만 엄마의 결혼 전 성은 나와 있지 않았고, 전에 쓰던 가명도 보이지 않았다. 건물을 관리하는 여자가 그녀의 성이 보레라고 가르쳐주기 전이었다. 다시 한번 거리별로 정리된 전화번호부를 뒤적여야 했다. 모로 바드마에브의 전화번호를 잃어버렸기 때문이었다. 그 번지에도 엄마 주소에서 봤던 만큼의 이름들이 적혀 있었다. 그랬다, 뱅센과 포르트 도를레앙에 몰려 있는 건물들은 거의 다른 게 없었다. 그의 이름 모로 바드마에브가 명단에 나와 있었다. 내가 꿈을 꾼 게 아니라는 증거였다.

그날 저녁, 내가 창문 밖을 내다보자 그는 풍경이 "조금 쓸쓸하다"고 말했다. 이곳에 살기 시작했을 땐 숨이 막히는 것 같았어요. 이웃들, 같은 층과 위아래층에 사는 사람들이 내는 온갖 소리가 들린답니다. 감옥에 있는 것처럼 끝없는 소음이요. 그때부터 그는 자신이 가족 단위로 혹은 자기처럼 한 사람 단위로 죄수를 수감하는 수백 개의 감방들 중 하나에 갇힌 거라고 생각했다. 그 무렵 나는 오랜 기간 이란을 여행하고 돌아왔을 때라 파리와 대도시에서의 생활습관을 잃어버린 상태였죠. 그는 언어 하나를 익히기 위해 그곳에 머물렀었다.

어떤 교수도, 심지어 동양어 학교에서도 '초원지역의 페르시아어'를 가르치지 않는답니다. 그러니 현지로 가야 했죠. 그곳으로 여행을 간 것은 작년이었어요. 파리로, 포르트 도를레앙으로의 귀환이 쉽진 않았지만, 이제는 다른 세입자들이 내는 소리에 신경쓰지 않아요. 라디오를 켜고 스위치를 천천히 돌리기만 하면 되니까요. 그러면 나는 다시 아주 먼 곳에 가 있죠. 심지어 여행하고 싶다는 생각조차 들지 않아요. 초록색 불이 들어오는 것만으로도 충분하니까.

"원한다면 초원지역의 페르시아어를 가르쳐줄 수 있어요……"

그는 농담으로 한 말이었지만, '초원'이라는 단어 때문에 그 말은 내 머릿속에 울려퍼졌다. 나는 곧 이 도시를 뜨리라 생각하고 있었고, 그 무엇에라도 매여 있다고 느낄 만한 진지한 이유도 없었다. 바다를 향해 초원이 끝없이 펼쳐지면서, 내 앞에 모든 지평이 열렸다. 이미 시효가 소멸된 신분증을 끝끝내 호주머니에 넣고 다니는 여행자처럼, 몇몇 보잘것없는 추억을 긁어모아 마지막으로 내 유년기의 흔적들을 되찾고 싶었다. 떠나기 전에 모아놓아야 할 대단한 것도 없었지만.

밤 아홉시였다. 나는 그에게 집에 돌아가야겠다고 말했다. 괜찮다면 다음에는 저녁 식사에 초대할게요. 그리고 초원지역의 페르시아어도 가르쳐드리죠.

그는 지하철역까지 나를 바래다주었다. 나는 그곳이 포르트 도를레앙인지 알아보지 못했다. 하지만 열여섯 살까지 파리에 올 때마다 이곳에 내리지 않았던가. 당시 내가 포송브론 라 포레에서 타고 온 장거리 버스는 라 로통드 카페 앞에서 멈추었었다.

그는 계속 초원지역의 페르시아어에 대해 말했다. 그 언어는 핀란드어와 비슷해요. 듣기에도 좋죠. 그 언어를 듣고 있으면, 풀 사이를 어루만지며 스쳐 지나가는 바람과 떨어지는 물소리가 되살아난답니다.

처음엔 계단에서 야릇한 냄새가 났다. 계단에 깔아놓은 붉은 융단에서 나는 냄새였다. 서서히 썩어가고 있는 모양이었다. 벌써 군데군데 나무 계단이 드러난 것이 보였다. 이 건물이 싸구려 호텔이던 시절 무수히 많은 사람들이 이 계단을 오르내렸었다…… 가파른 계단이 현관문을 넘어서자마자 시작되고 있었다. 나는 엄마가 전에 이 호텔에 살았다는 것을 알고 있었다. 내 출생 증명서에 그 주소가 나와 있었다. 세들 방 한 칸을 찾기 위해 광고들을 훑어보다가, '1인용 아파트 임대' 란에서 이 주소와 맞닥뜨리고는 깜짝 놀랐다.

나는 광고에 명시된 시간에 나갔다. 오십 줄에 들어선, 안색이 붉은 남자가 인도에서 나를 기다리고 있었다. 그는 2층에 있는 작은 욕실이 딸린 방 한 칸을 보여주었다. 그는 석 달치 집세를 '현금으로' 요구했다. 다행히 내게는 얼추 그 정도 금액이 남아 있었다. 그는 클리시 대로 모퉁이에 있는 카페로 나를 데려가 서류들을 작성하고 서명하게 했다. 그는 전에 있던 호텔은 닫아버리고 객실들을 '1인용 아파트'로 변경한 거라고 설명했다.

"어머니가 이 호텔에 살았어요……"

나는 천천히 입 밖으로 나온 이 말을 듣고는 제풀에 깜짝 놀랐다. 뭐에 쏘이기라도 했던 걸까? 그는 건성으로 말했다. "아, 그래요? 어머니께서?" 그 사람 나이를 볼 때, 엄마를 알지도 몰랐다. 나는 그에게 혹시 전에도 호텔을 관리했는지 물어보았다. 아니었다. 그는 작년에 동업자들과 함께 호텔을 사들여 공사를 한 것이었다.

"아가씨도 알겠지만, 호텔로서는 그다지 신통치 않았어요."

이사 온 첫날 저녁, 나는 지금 내가 있는 이 방에 엄마가 살았을지도 모른다고 생각했다. 그러니까 이 일이 갑자기 시작된 것은, 세들 방을 찾다가 신문에서 쿠스투 가 11번지라는 주소를 본 그날 저녁이었다. 이미 얼마 전부터 나는 낡은 비스킷 상자를 열어 수첩이나 주소록을 뒤적이고 사진들을 바라보곤 했다…… 그전까지는, 고백건대, 그 상자를 열어본 적도 없었고, 열어본다 하더라도 내게는 쓸모없는 낡은 서류뭉치에 불과한 것들이라 들여다보고 싶은 마음이 조금도 생기지 않았다. 어린 시절부터 나는 그 상자에 익숙해져 있었다. 그것은 톨라 순구로프의 그림처럼 나를 따라다녔고, 늘 실내 배경의 일부를 이루었다. 나는 그 안에 싸구려 장신구 몇 개를 넣어두기까지 했다. 오랫동안 함께해온 물건들에는 주의를 기울이지 않기 마련이다. 어쩌다 그것들을 잃어버리게 되면, 그제야 몇몇 자질구레한 것들이 당신에게서 빠져 달아나버렸음을 깨닫게 되는 것이다. 마찬가지로, 나도 순구로프의 그림이 들어 있던 액자가 어떻게 생겼는지 기억나지 않았다. 만약 비스킷 상자를 잃어버렸다면, '르페브르 위틸' 이라는 글자가 남아 있는 반쯤 찢겨나간 라벨이 뚜껑 위에 붙어 있었다는 것도 잊어버렸을 것이다. 증인이라는 사람들은 경계해야 하는 법이다.

나는 출발점으로 되돌아온 셈이었다. 내가 살고 있는 이 건물 주소는 엄마의 거주지로서 내 출생 증명서에 기입된 것이었으니까. 틀림없이 나도 삶의 첫 부분을 그곳에서 보냈을 것이다. 모로바드마에브가 집까지 바래다준 어느 날 저녁 그에게 이 이야기를 해주자 그가 말했다.

"그렇다면 가족이 살던 옛집을 되찾은 셈이로군요."

우리는 둘 다 웃음을 터뜨렸다. 대문은 인동덩굴로 뒤덮여 있고, 오래 전부터 닫혀 있었는지 문 뒤까지 풀들이 우거져 있어서 두 문짝을 살짝 밀고 그 사이로 미끄러져 들어가는 수밖에 없어요. 풀이 우거진 저 끝, 달빛 아래 우리 유년기의 성이 있죠. 저기 왼쪽에는 삼나무가 그대로고요. 이제 성 안으로 들어갑니다. 손에는 사슴뿔 모양의 촛대를 들고, 푸른 거실과 조상들의 초상화가 줄줄이 걸려 있는 회랑을 가로질러갑니다. 아무것도 변하지 않았고, 모든 것이 먼지를 뒤집어쓴 채 제자리에 그대로 있어요. 이제 넓은 계단을 올라갑니다. 자, 마침내 복도 끝 아이들 방에 들어섰어요. 모로 바드마에브는 이런 식으로 가족 영지로의 귀환을 묘사하며 즐거워했다. 내가 다른 삶을 살았다면 그랬을지도 모르겠다. 하지만 내 방 창문은, 쿠스투 가와 만나면서 일종의 삼각형을 이루고 있으며 쿠스투 가보다 훨씬 좁은 퓌제 가를 바라보고 있었다. 삼각형의 꼭지점에 내 방이 자리잡고 있었다. 덧창도 커튼도 없었다. 저녁에는 쿠스투 가보다 아랫쪽에 있는 차고의 네온 간판이 내 침대 위 벽에 붉은색과 초록색 불빛을 던졌다. 그것 때문에 불편하지는 않았다. 오히려 안심이 되었다. 누군가 나를 보살피고 있는 것 같았다. 이 빨갛고 푸른 신호는 아주 먼 곳에서부터, 엄마가 이 침대에 누워 나처럼 잠들려고 애쓰던 그 시절에서부터 오는 것 같았다. 켜졌다 꺼지기를 반복하는 그 불빛들은 나를 부드럽게 진정시키고 살며시 잠들게 했다. 다른 구역에 있는 방을 고를 수도 있었는데 나는 하필 왜 이 방을 빌린 것일까? 하지만 그곳에는 이 빨갛고 푸른 불빛이 없었을 것이다. 심장박동처럼 규칙적이며, 내가 과거의 유일한 흔적이라고 생각하게 되고 만 이 불빛들이.

평일에는 매일같이 불로뉴 숲 쪽에 있는 한 부잣집에 가서 그 집 딸아이를 돌봐주는 일을 했다. 최후의 수단으로 전화번호부에서 아무렇게나 골라잡은 직업소개소를 방문한 어느 오후에 찾아낸 일거리였다. 그 직업소개소의 이름은 '텔로르' 였다.

콧수염을 기르고 가는 줄무늬 모직 정장을 입은 적갈색머리의 한 남자가 어두운 색깔의 목재로 장식한 사무실에서 나를 맞았다. 그는 내게 자리를 권했다. 나는 이런 종류의 일거리를 찾는 것은 처음이라고 용기를 내어 말했다.

"공부를 그만둘 작정인가요?"

나는 그 질문에 깜짝 놀랐다. 나는 그에게 학생이 아니라고 말했다.

"들어오는 모습을 보고 학생이라고 생각했어요."

그가 학생이라는 단어를 엄청난 경외감을 갖고 말했기 때문에 나는 그 말이 그에게 뭔가 경이로운 것을 연상시키는가보다고 생각했고, 학생이 아닌 것이 진심으로 미안했다.

"아가씨를 위한 일거리가 있을 것 같은데…… 하루에 세 시간…… 아이 돌보기."

불현듯, 이제는 아무도 텔로르 직업소개소에 들르지 않아서 이 적갈색머리의 신사가 적적한 긴 오후 시간을 책상 앞에 앉아 여대생 생각이나 하며 보내고 있는 것은 아닐까 하는 생각이 들었다. 내 왼쪽 벽면에는 호텔 지배인 복장과 운전사 복장을 한 남자들과 보모와 간호사 제복을 입은 여자들 — 내 눈에는 그렇게 보였다 — 을 세밀하게 그려놓은 커다란 게시판이 있었다. 아랫부분에는 커다란 검은 글씨로 '앙드레 텔로르 직업소개소' 라고 적혀 있었다.

그는 내게 미소를 지어 보였다. 그러고는 이 게시판은 그의 아버지 적에 만든 것이니 걱정하지 않아도 된다고, 제복을 입을 필요는 없을 거라고 말했다. 아가씨가 찾아가서 만나봐야 할 사람들은 뇌이 쪽에 살고 있는데, 늦은 오후 시간에 어린 딸을 돌봐줄 사람을 찾고 있어요.

내가 그 집에 처음 간 것은 11월의 어느 비 오는 날이었다. 나는 그들이 나를 어떻게 맞아들일까 하는 생각으로 전날 잠을 설쳤다. 직업소개소 남자는 그들이 아주 젊다고 말하면서 이름과 주소가 적힌 종이를 내밀었다. 발라디에, 모리스 바레스 대로 70번지. 아침부터 내리는 비 때문에 이 방과 도시를 떠나고 싶다는 생각이 들었다. 조금이라도 돈이 생기면 미디*로, 아니 훨씬 더 멀리 남쪽 해안으로 떠날 텐데. 나는 이 가능성에 매달리려고, 나 자신을 가라앉게 내버려두지 않으려고 애썼다. 아직은 물 위에 가만히 떠 있는 채로 조금 더 참아야 했다. 내가 텔로르 직업소개소에 간 것은 최후의 생존본능에 의한 것이었다. 그렇지 않았다면 내 방과 침대를 떠날 용기를 내지 못했을 것이다. 직업소개소 벽에 걸려 있던 게시판이 아직도 생각난다. '보모나 간호사 제복을 입는 것은 제게 전혀 문제가 되지 않아요' 라고 말했다면 그 적갈색머리 신사는 크게 놀랐을 것이다. 당신이 꼿꼿이 서서 걸을 수 있도록 도와주는 코르셋처럼, 제복은 내가 다시 용기와 인내를 갖는 데 도움을 주었을 것이다. 어쨌든 내겐 선택의 여지가 없었다. 그때까지 운이 따라서 임시직이지만 판매원 자리를 연달아 두 번 찾아냈는데, 하나는 트루아 카르티에 백화점이었고 또 하나는 그랑 대로에 있는 향수 전문점이었다. 하지만 텔로르 직업

* 프랑스 남부지방의 속칭. 주로 남동부의 프로방스 지방과 남서부의 랑그도크·아키텐 지방을 가리킨다.

소개소는 내게 좀더 안정적인 일자리를 구해줄지도 몰랐다. 나는 내가 가진 가능성에 대해 환상을 품고 있지 않았다. 엄마와 달리 나는 예술가가 아니었다. 포송브론 라 포레에 있을 때, 그랑 가에 있는 '베르트' 라는 작은 호텔에서 일한 적이 있었다. 손님이 많았는데, 대체로 파리에서 온 사람들이었다. 일은 그다지 고달프지 않았다. 주로 바와 식당에서 일했고, 가끔은 접수계에서 일하기도 했다. 겨울이면 매일 저녁 바와 가까운, 벽을 목재로 처리한 작은 방에 불을 지폈다. 손님들이 신문을 읽거나 카드놀이를 하는 방이었다. 나는 열여섯 살까지 그곳에서 일했다.

지하철을 탈 무렵, 블랑슈 광장에는 이미 비가 멎어 있었다. 나는 포르트 마요에서 내렸다. 불안한 느낌이 들었다. 나는 이 지역을 잘 알고 있었다. 내가 이 첫 방문에 관한 꿈을 꾼 게 틀림없다고 생각했다. 지하철을 타고, 그 집까지 걸어가고…… 꿈에서 본 것을 실제로 겪고 있는 거야. 그래서 어디선가 이미 본 것 같은 느낌이 드는 거겠지. 모리스 바레스 대로는 불로뉴 숲 가를 따라 뻗어 있었다. 길을 따라 내려갈수록 그 느낌이 점점 더 강해져 마침내 나는 불안해지고 말았다. 이제는 거꾸로, 혹시 꿈을 꾸고 있는 것은 아닌지 스스로 묻고 있었다. 나는 팔을 꼬집고, 꿈에서 깨어나라고 손바닥으로 이마를 때렸다. 종종 그럴 때가 있었다. 그러나 나는 내가 꿈을 꾸고 있으며, 위험이 닥쳐오더라도 언제든 깨어날 수 있으니 전혀 심각한 일이 아니라는 것을 알고 있었다. 어느 날 밤에는 사람들이 내게 사형선고를 내리고—그곳은 영국이었고, 다음날 아침이면 나는 교수형에 처해지게 되어 있었다—감방까지 나를 다시 데려가는 꿈을 꾸기도 했다. 꿈속에서 나는 아주 침착했고, 그들에게 미소를 지어 보이기까지 했다. 그들을 슬쩍 떠나와 쿠스투 가의 내 방에서 잠을 깨리라는 것을 알고 있었기 때문이다.

철책문을 지나면 자갈이 깔린 좁은 길을 따라가게 돼 있었다. 나는 개인 저택으로 보이는 70번지 건물의 초인종을 눌렀다. 금발 여인이 나와서 문을 열어주고는 자신이 발라디에 부인이라고 소개했다. 그녀는 '부인'이라는 단어를 발음하면서 거북하다는 표정을 지었다. 자신에게 어울리진 않지만 평상시에 써야 하는 말이기에 어쩔 수 없다는 표정이었다. 후에 텔로르 직업소개소 사람이 "그래, 발라디에 부부는 어떻던가요?"라고 물었을 때 내가 "근사한 한 쌍이던데요"라고 대답하자 그는 놀라는 기색이었다.

둘 다 서른다섯 전후로 보였다. 남자는 부드러운 목소리를 가진, 우아하다고 할 만한 키 큰 갈색머리 남자였고, 부인은 잿빛이 감도는 금발이었다. 기다란 소파에 나란히 앉은 두 사람은 나와 마찬가지로 어색해했다. 내 호기심을 불러일으킨 것은 그들이 2층의 커다란 거실에 임시로 묵고 있는 듯하다는 것이었다. 거실에는 기다란 소파와 안락의자 하나를 제외하면 가구가 전혀 없었다. 하얀 벽에는 그림 한 점 걸려 있지 않았다.

그날 오후 그 집 여자아이와 나는 대로 저편의 아클리마타시옹 놀이공원과 닿아 있는 작은 길들을 잠깐 산책했다. 아이는 침묵을 지키고 있었지만, 우리가 함께 걷는 것이 처음이 아니라는 듯 나를 믿는 분위기였다. 그리고 나 또한 그애를 잘 알고 있으며 그 애와 함께 이미 이 길들을 따라 걸어본 것만 같았다.

집에 돌아가자 아이는 내게 3층에 있는 자기 방을 보여주고 싶어했다. 창으로 공원의 나무들이 내다보이는 커다란 방이었다. 내부의 목재장식이나 벽난로 양옆으로 박아넣은 유리 장식장들을 보니, 이 방은 전에 거실이나 사무실이었지 어린아이 방으로 쓰인 적은 없었을 거라는 생각이 들었다. 침대 역시 어린이용이 아닌, 하단에 쿠션을 댄 아주 넓은 침대였다. 유리 장식장 안에 상아로 만든 장기 말 몇 개가 전시되어 있었다. 쿠션을 댄 침대와 장기 말들은 아마도 발라디에 부부가 이사 오기 전부터 있던 것으로, 전에 살던 사람들이 잊어버렸거나 미처 가져갈 시간이 없어 놓고 간 물건들이었을 것이다. 아이는 내게서 눈을 떼지 않았다. 내가 자신의 방에 대해 어떻게 생각하는지 알고 싶어하는 눈치였다. 결국 나는 "굉장히 넓은 방이구나"라고 말했고, 그러자 아이는 그런가 하는 표정으로 고개를 끄덕였다. 아이 엄마가 와서 우리와 어울렸다. 그녀는 그 집에 산 지 겨우 몇 달이 되었을 뿐이라고 설명했지만, 전에 어디에 살았는지는 밝히지 않았다. 아이는 페름 가에 위치한, 이곳에서 아주 가까운 학교에 다니고 있어요. 매일 오후 네시 반에 아이를 데려와야 해요. 내가 "그러죠, 사모님"이라고 말한 건 틀림없이 그 순간이었을 것이다. 곧 그녀의 얼굴에 빈정거리는 듯한 미소가 퍼졌다.

"나를 사모님이라고 부르지 말아요. 베라……라고 부르세요."

그녀는 이 이름을 그 자리에서 지어내기라도 한 것처럼 잠깐 멈칫했다. 조금 전 그녀가 나를 맞아들였을 때 나는 그녀가 영국인이거나 혹은 미국인일 거라고 생각했는데, 이제야 그 이유를 알 것 같았다. 그녀는 파리 억양을, 아주 옛날 소설에서 성밖 지역 억양이라고 하는 억양을 갖고 있었다.

"베라, 아주 예쁜 이름이네요."

"그렇게 생각해요?"

그녀는 침대 머리맡 탁자 위의 불을 켜고 말했다.

"이 방은 조명이 충분히 밝지 않아요."

아이는 유리 장식장 발치에 팔꿈치를 괴고 엎드려서 심각한 태도로 공책을 넘기고 있었다. 곧이어 그녀는 "그다지 편리하진 않죠. 아이가 숙제를 할 수 있도록 책상을 하나 구해줘야겠어요"라고 또박또박 말했다. 조금 전 그들이 나를 거실로 맞아들였을 때와 똑같은 느낌이 들었다. 발라디에 가족은 이 집에 임시로 머무르고 있다는. 다음과 같은 말을 덧붙이는 것을 보니, 분명 그녀는 내 놀라움을 눈치챈 것 같았다.

"이곳에 오래 머무르게 될지 잘 몰라서요. 게다가 남편이 가구를 그다지 좋아하지 않거든요……"

그녀는 예의 그 빈정거리는 듯한 미소를 짓더니 내게 어디 사냐고 물었다. 나는 옛날에 호텔이었던 건물에 방 한 칸을 구했다고 설명했다.

"아, 그래요…… 우리도 오랫동안 호텔에 살았죠……"

그녀는 어느 구역인지 알고 싶어했다.

"블랑슈 광장 근처예요."

"어머, 내가 어렸을 때 살던 곳인데."

그녀는 살짝 눈살을 찌푸리면서 말했다.

"난 두에 가에 살았어요."

그 순간 그녀가 마치 미국 형사물에 나오는 차가운 금발 여주인공처럼 보여서, 그녀의 목소리가 영화에서처럼 더빙된 것이라고 생각하고 있던 나는 그녀가 프랑스어로 말하는 것을 듣고 깜짝 놀랐다.

"쥘 페리 고등학교에 다니던 시절 집에 돌아오는 길에 주택가를 한 바퀴씩 돌았는데, 그때 블랑슈 광장을 지나가곤 했어요."

그녀는 그 지역에 다시 가보지 않은 지 오래됐다고 했다. 그녀는 여러 해 동안 런던에서 살았다. 남편을 알게 된 것도 그곳에서였다. 이제 아이는 우리에게 아무런 주의도 기울이지 않고 있었다. 여전히 바닥에 엎드린 채였고, 몰두한 표정으로 공책에 쉼없이 무언가를 쓰고 있었다. 베라가 말했다.

"숙제를 하고 있어요. 알게 되겠지만…… 일곱 살인데 벌써 거의 어른처럼 글씨를 쓴답니다……"

어둠이 내렸다. 그러나 겨우 다섯시가 넘었을 뿐이었다. 우리를 둘러싼 침묵, 포송브론 라 포레에서 겪은 것과 똑같은 침묵. 지금과 똑같은 시각에, 꼭 이 아이 나이였을 때. 나 역시 그 나이에 어른처럼 글씨를 썼던 것 같다. 펜을 사용하지 않고 볼펜으로 글씨를 쓴다고 꾸중을 듣기도 했지. 호기심이 생겨 나는 아이가 무엇으로 글씨를 쓰고 있는지 보았다. 볼펜이었다. 아이가 다니는 페름 거리의 학교에서는 학생들이 투명한 몸체에 검은색, 빨간색 혹은 초록색 뚜껑이 달린 비크(Bic) 볼펜을 사용하는 것을 허용하는 모양이었다. 저 아이는 대문자를 쓸 줄 알까? 어쨌든, 이젠 펜으로 글자를 굵게 혹은 가늘게 쓰는 법을 가르치지 않을 것이다.

모녀는 1층까지 나를 배웅했다. 왼편에 있는 쌍여닫이 문이 활짝 열려 있어서 안쪽에 책상 하나만 덩그러니 놓여 있는 커다랗기만 한 방 안이 들여다보였다. 발라디에 씨가 책상에 걸터앉아 전화 통화를 하고 있었다. 샹들리에가 강렬한 빛을 던지고 있었다. 그는 모로 바드마에브나 이해했을, 초원지대의 페르시아어일지도 모를 야릇한 음조의 언어로 말하고 있었다. 입술 한귀퉁이에는 담배가 물려 있었다. 그는 내게 팔을 들어 인사를 대신했다.

"물랭루주 앞을 지나가게 되면 나 대신 인사 좀 해주세요."

그녀는 이렇게 속삭이더니, 내가 그 구역으로 돌아가는 것이 부럽다는 듯 슬픈 눈빛으로 나를 응시했다.

"또 뵙겠습니다, 사모님."

나도 모르게 이 말이 새어나왔고, 그녀는 내 말을 고쳐주었다.

"아니죠. '잘 있어요, 베라' 라고 해야죠."

나는 그녀가 고쳐준 대로 다시 한번 말했다.

"잘 있어요, 베라."

그것이 정말로 그녀의 이름이었을까, 아니면 어느 우울한 저녁 쥘 페리 고등학교 운동장에서 본명이 마음에 들지 않아 고른 이름이었을까?

그녀는 차갑고 신비로운 금발 여자들이 그렇듯이, 유연한 걸음걸이로 문을 향해 걸어갔다.

"조금 배웅해드리고 오렴, 착하지."

그녀가 딸에게 말했다.

아이는 머리를 끄덕이고는 불안한 눈초리를 내게 던졌다.

"밤이 되면 종종 주택가를 한 바퀴 돌라고 아이를 내보내요…… 아이가 재미있어하니까요…… 아이는 다 큰 어른이 된 듯 느끼죠. 지난밤에는 한 바퀴 더 돌고 싶다는 말까지 했다니까요…… 아이는 더이상 겁먹는 일이 없도록 스스로 단련하고 싶어하죠……"

저쪽 방 끝에서부터 발라디에 씨의 부드러운 목소리가 사이사이 긴 침묵을 두고 내게 도달해왔다. 그때마다 나는 그가 전화 통화를 끝낸 것일까 생각했다.

"곧 어둠을 무서워하지 않게 될 거고, 잠이 들 때까지 불을 켜둘 필요도 없게 될 거예요."

발라디에 부인이 현관문을 열었다. 아이가 치마와 블라우스 바람으로 나갈 준비를 하는 것을 보고 내가 말했다.

"외투를 입어야 할 것 같은데……"

아이는 내가 그런 충고를 하자 놀라면서도 안심이 된 기색으로 엄마를 향해 돌아섰다.

"그래, 그래…… 가서 외투를 입어라."

아이는 아주 빠르게 계단을 올라갔다. 발라디에 부인은 그 연한 색 두 눈으로 나를 뚫어져라 바라보더니 말했다.

"고마워요. 아가씨는 아이를 아주 잘 돌볼 것 같네요…… 남편과 나는 가끔 너무 정신이 없어서……"

그녀는 곧 울 것 같은 눈으로 계속 나를 바라보았다. 하지만 그 얼굴은 무표정했고 눈가에는 눈물 한 방울 맺혀 있지 않았다.

*

우리는 주택가를 벗어났다. 나는 아이에게 말했다.

"이제 돌아가렴……"

하지만 아이는 좀더 멀리까지 나를 바래다주고 싶어했다. 나는 지하철을 타야 한다고 설명했다.

대로를 따라 나아갈수록 이미 그 길을 걸어본 것 같은 느낌이 들었다. 불로뉴 숲의 나무들, 낙엽과 축축한 땅 냄새는 무언가를 연상시켰다. 조금 전 아이의 방에서도 똑같은 감정을 느꼈다. 지금껏 잊고 싶어했던 것, 아니, 어지러울까봐 두려워서 뒤돌아보지 않으려고 애쓰는 사람처럼 생각하기를 피해온 것, 그 모든 것이 서서히 솟아오르려 하고 있었고, 이제 난 그것을 정면으로 마주 볼 준비가 되어 있었다. 우리는 공원과 인접해 있는 작은 길을 따라 걷고 있었다. 아이는 포르트 마요 쪽으로 대로를 건너기 위해 내 손을 잡았다.

"먼 곳에 사세요?"

아이는 내가 데려가줬으면 하는 듯 물었다. 우리는 이미 지하철역 입구에 와 있었다. 내가 한마디만 하면 아이는 나를 따라서 계단을 내려가 다시는 부모 집으로 돌아가지 않으리라는 확신이 느껴졌다. 나는 그 아이의 마음을 잘 알고 있었다. 아이가 그렇게 하는 것이 당연하게 느껴지기까지 했다.

"이제 내가 널 다시 바래다줄게."

아이는 집으로 돌아가야 한다는 데에 실망한 듯했다. 하지만 나는 아이에게, 다음주에 집에 데려다줄 때에는 지하철을 태워주겠다고 말했다. 우리는 작은 길을 되짚어갔다. 샤틀레 역 통로에서 엄마로 보이는 사람을 만난 지 두세 주 후의 일이었다. 그 시각 파리 반대편 끝에서 노란 외투를 걸치고 건물들로 둘러싸인 안마당을 가로지르는 엄마의 모습을 상상해보았다. 계단을 오르면서 엄마는 층마다 멈추어 서겠지. 어긋난 약속. 잃어버린 물건은 절대로 되찾지 못함. 어쩌면 앞으로 이십 년 후, 이 아이도 나처럼 어느 저녁 퇴근 시간에 환승역 표시가 되어 있는 바로 그런 지하철 통로에서 부모와 맞닥뜨리게 될지도 몰라.

1층 발코니 유리문 중 하나에 불이 켜져 있었다. 조금 전 발라디에 씨가 전화하고 있던 방이었다. 나는 초인종을 눌렀다. 아무도 문을 열어주러 나오지 않았다. 아이는 이런 상황에 익숙한지 아주 침착했다.

잠시 후 아이가 말했다.

"나가셨어요."

그리고 어깨를 으쓱하더니 미소를 지었다. 나는 아이를 내 집으로 데리고 가서 밤을 보내야겠다는 생각을 하고 있었고, 아이는 그런 내 생각을 눈치챈 것 같았다.

"그래…… 부모님이 나가신 게 틀림없구나……"

아이는 내게 우리가 어떻게 해볼 만한 일이 더이상 없음을 알려주고 싶어했지만, 나는 마음에 걸리는 일이 없도록 불이 켜진 유리문으로 다가가 유리창을 통해 안을 들여다보았다. 방은 비어 있었다. 나는 다시 초인종을 눌렀다. 마침내 누군가 문을 열어주러 나왔다. 문이 빠끔히 열리며 빛이 쏟아지는 순간 아이의 얼굴은 엄청난 실망감을 드러냈다. 아이 아버지였다. 그는 외투를 입고 있었다.

"여기 서 있은 지 오래됐나요?"

그는 정중하지만 무심한 어투로 물었다.

"들어오겠어요?"

그는 예고없이 초인종을 누른 방문객을 대하듯 말하고 있었다.

그는 아이에게로 몸을 숙였다.

"그래, 오랫동안 산책한 거니?"

아이는 대답하지 않았다.

"아내는 저녁모임이 있어서 친구 집에 갔어요."

그가 내게 말했다.

"나도 막 아내와 합류하려던 참이었지요……"

아이는 들어가기를 주저하고 있었다. 아이는 내가 내일 다시 올지 확신할 수 없다는 듯 불안한 목소리로 "내일 뵐게요"라고 말하며 내게 마지막 눈길을 던졌다. 발라디에 씨는 희미한 미소를 띠고 있었다. 그들이 들어가고 문은 다시 닫혔다.

나는 대로 건너편 나무 아래에서 꼼짝 않고 있었다. 3층 아이 방 창문에 불이 켜졌다. 곧 발라디에 씨가 집 밖으로 나와 바쁜 걸음으로 걸어가는 것이 보였다. 그는 검은색 차에 올라탔다. 아이 혼자 집에 있는 것이 틀림없었다. 어두우면 잠을 이루지 못하는 아이가 불을 켜둔 것이었다. 나는 우리가 운이 좋았다고 생각했다. 조금만 늦었더라면 아무도 문을 열어주러 나오지 않았을 거야.

어느 일요일, 내가 아이 봐주는 일을 시작한 그주 일요일—아니면 그 다음주 일요일—에 다시 뱅센에 가보았다. 나는 평소보다 서둘러서 해 떨어지기 전에 그곳에 가보는 것이 낫겠다고 생각했다. 이번에는 노선 종착역인 샤토 드 뱅센에서 내렸다. 화창한 가을날이었다. 뱅센 성 앞을 지나 카르티에 드 카발르리 가로 접어드는 순간, 어느 지방 도시에 온 것 같은 느낌이 다시 들었다. 거리를 걷고 있는 사람은 나 혼자였고, 거리로 접어들면서부터 벽 너머에서 규칙적인 말발굽 소리가 들려왔다.

서서히 몽상에 잠겨든 나는 어쩌면 내게 일어날 수도 있는 일들을 그려보았다. 나는 지금 막 작은 기차역, 고향 기차역에 내린 참이다. 고향에 와보지 않은 지 수십 년이 되었다. 무슨 책을 보다가

'고향' 이라는 표현을 발견했는지는 모르겠다. 이 두 글자는 나와 아주 밀접한 어떤 것, 아니면 추억을 불러일으키는 그 무엇인가와 연결되어 있음이 분명했다. 하긴, 나 또한 어린 시절에 이름이 적힌 표를 목에 건 채 파리를 떠나 한 시골역에 내리지 않았던가.

이런 몽상이 흩어져버리는 데에는 거리 끝의 주택가가 보이기 시작하는 것으로 충분했다. 고향은 존재하지 않았고, 날 기다리는 이 아무도 없는 파리 근교가 있을 뿐이었다.

나는 철책문을 지나 관리실 문을 두드렸다. 관리인 여자는 문 사이로 머리만 빠끔히 내밀었다. 단 한 번 함께 이야기를 나누었을 뿐이지만 그녀는 나를 알아보는 것 같았다. 상당히 젊은 여자였는데, 아주 짧은 갈색머리에 장밋빛 모직 실내복을 입고 있었다.

"보레…… 부인에 관해서 물어볼 것이 있어서요……"

나는 이름을 말하며 머뭇거렸다. 내가 누구에 대해 말하는지 그녀가 모를까봐 걱정이 되었다. 하지만 그녀는 문에 붙여놓은 세입자 명단을 들여다보지도 않고 대답했다.

"층계 A 오층 여자요?"

"예."

나는 몇 층인지 잘 기억해두고 있었다. 그 숫자를 알고 난 뒤로 느리게, 점점 더 느리게 계단을 올라가는 엄마의 모습을 종종 그려보곤 했다. 어느 날 밤엔 엄마가 계단에서 떨어지는 꿈까지 꾸었는데, 꿈에서 깨어난 뒤에도 그것이 자살이었는지 사고였는지는 말할 수 없었다. 아니면 내가 밀어버린 건지도 몰랐다.

"전에 한번 오지 않았나요……"

"예."

그녀는 내게 미소를 지어 보였다. 내가 그녀에게 신뢰를 주는 모양이었다.

"그 여자 또 사고친 건 알고 있겠죠……"

그녀는 층계 A 5층에 사는 여자에 관한 거라면 이제 그 어떤 것도 자신을 놀라게 할 수 없다는 듯, 무심한 어투로 말했다.

"가족이세요?"

나는 그렇다고 대답하기가 두려웠다. 다시 그 해묵은 저주를, 문둥이 노파를 불러들이게 될까봐서였다.

"아니요. 그럴 리가요."

나는 제때에 늪에서 빠져나왔다. 나는 그녀에게 말했다.

"그 집 사람들을 알고 지내거든요. 소식 좀 알아봐달라고 저를 보낸 거예요……"

"소식이랄 게 뭐 있겠어요? 늘 비슷하죠. 잘 아시잖아요."

그녀는 어깨를 으쓱했다.

"이젠 나랑 얘기도 하지 않으려고 해요. 아니면, 조그만 꼬투리라도 잡아서 욕설을 싸지르려고 하든가."

엄마를 생각하면 이 표현은 아주 친절하고 대수롭지 않은 것으로 여겨졌다. 그 오랜 세월이 흘렀는데도 심연에서 솟아오르기라도 한 것처럼 찌푸린 얼굴과 부릅뜬 눈과 게거품을 문 듯한 입이 눈앞에 다시 떠올랐다. 그리고 쉰 목소리와 줄곧 쏟아져나오는 욕설. 모르는 사람 같으면 그토록 아름다운 얼굴이 어떻게 그렇게 갑작스럽게 변할 수 있는지 상상조차 할 수 없었을 것이다. 다시 두려움이 나를 사로잡았다.

"그 여자를 만나러 왔나요?"

"아니요."

"가족들에게 알려주셔야 해요. 이젠 집세도 안 내고 있다구요."

이 말을 듣자, 그리고 매일 오후 아이를 찾으러 갔던 그 동네 때문이기도 하겠지만, 불로뉴 숲 근처에 있던 한 아파트가 생각났다. 나도 모르게 그 기억이 남아 있었던 것이다. 플러시 천이 깔린 계단 세 개가 있던 넓은 방, 톨라 순구로프의 그림, 그 아이의 방보다 더 텅 비어 있던 내 방…… 그 시절 엄마는 무슨 수로 집세를 냈을까?

"그 여자를 몰아내기는 어려울 거예요. 게다가 동네에서는 다들 그 여자를 잘 알고 있어요…… 별명까지 지어준 걸요……"

"뭔데요?"

정말로 그게 무엇일지 궁금했다. 혹시 이십 년 전 그녀에게 붙여준 별명과 똑같을까?

"사람들은 그 여자를 '불사조' 라고 불러요."

관리인 여자는 그것이 애정 어린 별명이라도 되는 듯 상냥하게 말했다.

"가끔 그 여자는 다 죽어가고 있는 것처럼 보이지만, 다음날이면 기운이 팔팔해져서 싹싹하게 굴거나 상스러운 말을 퍼붓죠."

이 별명은 내게 다른 의미로 다가왔다. 모로코에서 죽었다고 믿었던 그녀가 파리 근교 어디에선가 다시 살아난 것이다.

"그녀가 이곳에 산 지 오래됐나요?"

나는 관리인 여자에게 물었다.

"그럼요! 나보다도 먼저 여기에 이사 왔으니까…… 육 년은 넘었을 거예요……"

그러니까 엄마는 내가 포송브론 라 포레에 있는 동안에도 이 건물에 살고 있었던 것이다. 나는 성당에서 그다지 멀지 않은 곳에 있던 풀과 잡목이 빽빽한 버려진 공터를 기억하고 있었다. 목요일 오후면 우리는 그곳에 숨거나 '보슈의 풀밭' 이라고 불리던 정글 안쪽으로 최대한 멀리까지 들어가는 놀이를 했다. 그곳에서 어떤 군인이 놓아두고 간 것이 틀림없는 군모와 반쯤 썩은 군용 점퍼를 발견했는데, 그러다가 그의 해골이라도 발견하게 될까봐 늘 두려워했다. 나는 보슈라는 말이 무슨 뜻인지 이해하지 못했다. 그 당시 나는 엄마와 알고 지냈던 프레데리크라는 여자가 받아주어서 그 집에 머물고 있었는데, 내가 프레데리크의 친구에게 보슈가 무슨 뜻이냐고 물어보던 날, 그녀는 집을 비우고 없었다. 권투선수 같은 인상에 갈색머리였던 그녀의 친구는 그 말에 내가 겁먹었다고 생각했는지 날 안심시켜주려고 했던 것 같다. 그녀는 내게 미소를 지어 보이더니 독일 사람들을 그렇게 부른다고, 하지만 그 말이 그다지 심술궂은 말은 아니라고 대답했다. "네 엄마도 사람들이 보슈라고 불렀단다…… 농담으로 말이야……" 프레데리크는 갈색머리 여자가 내게 그런 사실을 털어놓은 것을 탐탁지 않게 생각했지만, 내게 아무런 설명도 해주지 않았다. 그녀는 엄마의 친구였다. 엄마가 '무용수' 였던 시절에 서로 알게 된 것이 틀림없었다. 그녀의 이름은 프레데리크 샤티용이었다. 포송브론 라 포레의 집에는, 그녀가 없을 때에도 늘 그녀의 친구들이 있었다. 로즈 마리, 자네트, 마들렌 루이, 이제는 이름을 잊어버린 다른 여자들과, 역시 엄마가 '무용수'였던 시절에 알게 되었지만 엄마를 좋아하지 않는 갈색머리 여자가 그들이었다.

"그 여자는 혼자 사나요?"

나는 관리인 여자에게 물어보았다.

"오랫동안 한 남자가 그녀를 보러 오곤 했어요…… 이 근처에서 말을 다루는 일을 하는 사람이었는데…… 북아프리카인 같았어요."

"이젠 오지 않나요?"

"최근에는 오지 않네요."

관리인 여자는 내 질문들을 듣고는 나를 조금 불신하는 눈초리로 바라보기 시작했다. 나는 그녀에게 다 털어놓고 싶은 충동을 느꼈다. 엄마는 어릴 때 파리로 올라왔어요. 무용을 했죠. 사람들은 엄마를 '보슈' 라고 불렀어요. 나는 '작은 보석' 이라고 불렀고요. 여기 바깥에서, 건물 안마당에서 이야기하기에는 너무 길고 복잡했다.

"문제는 그 여자가 내게 이백 프랑을 빚졌다는 거예요……"

나는 끈 달린 작은 천 주머니에 돈을 넣어 늘 허리에 묶고 다녔다. 주머니 안을 뒤져보았다. 백 프랑짜리 지폐와 오십 프랑짜리 지폐 그리고 동전 몇 개가 남아 있었다. 나머지는 나중에 들를 때 주겠다고 말하면서 관리인 여자에게 지폐 두 장을 내밀었다.

"고마워요."

그녀는 실내복 한쪽 호주머니에 재빨리 돈을 집어넣었다.

불신하던 그녀의 태도가 갑자기 녹아내렸다. 나는 '불사조' 에 관해 무엇이든 물을 수 있을 터였다.

"집세는…… 다시 들르면 그때 말하지요……"

정말 다시 들를 생각은 없었다. 더이상 무엇을 알게 되겠는가?

또 그래봤자 무슨 소용이 있겠는가?

"그 집 전기가 몇 번 끊긴 일이 있었어요. 그럴 때마다 그 여자에겐 더 잘된 일이라고 생각해요. 전기담요를 쓰거든요…… 위험한 일이죠……"

나는 전기담요의 코드를 콘센트에 꽂는 그녀의 모습을 상상해 보았다. 엄마는 얼마 동안은 최신 상품으로 보이다가 곧 구식이 되거나 일상적인 물품이 되고 마는 자질구레한 물건들을 좋아했다. 엄마가 꽤 호사를 부렸던 그 시절, 불로뉴 숲 근처의 커다란 아파트에 살 때 누군가 엄마에게 녹색 가죽으로 싼 상자를 가져다주었던 게 생각났다. 덕분에 우리는 라디오를 들을 수 있었다. 나중에야 나는 그것이 최초의 트랜지스터 라디오였다는 것을 알았다.

"다시는 전기담요를 쓰지 말라고 충고해야 할 거예요."

천만에, 그게 그렇게 쉬운 일은 아니지. 살아오면서 엄마가 쓸 만한 충고를 한 번이라도 귀담아들은 적이 있던가? 그리고 어쨌든 이제는 너무 늦었다.

"그 여자를 보러 오던 남자 이름이 뭔지 모르세요?"

관리인 여자는 집세를 내기 위해 석 달 전 그 남자가 보내온 편지 한 통을 보관하고 있었다. 살짝 열린 문틈으로 관리인 여자가 커다란 상자 안의 종이더미를 뒤지고 있는 것이 보였다.

"못 찾겠네…… 어쨌든 내 생각에 그 남자는 다시 오지 않을 거예요……"

지난 저녁 공중전화 부스에서 엄마가 전화를 건 사람은 틀림없이 그였을 것이다. 기적적이게도 열두 해가 흐른 지금도 아직 엄마에게는 믿을 만한 누군가가 남아 있었다. 하지만 엄마는 그 사람 역시 낙담시킨 것 같았다. 내가 '작은 보석' 이라고 불리던 시절에 이미 엄마는 며칠이고 세상으로부터 고립되어 아무도, 심지어 나마저 보지 않고 자기 방에 틀어박혀 있었다. 그렇게 시간이 얼마간 흐르면, 나는 엄마가 아직도 방 안에 있는지 아니면 커다란 아파트에 나만 놔두고 가버렸는지 알 수가 없었다.

"어떤가요? 그 여자 집은?"

내가 물었다.

"공간이 둘로 나뉘어 있고, 부엌 하나에 샤워 시설이 있어요."

매트리스는 맨 바닥에 그대로, 전기 콘센트 근처에 놓여 있으리라. 그렇게 하면 전기담요에 전원을 연결하기가 훨씬 쉽겠지.

"올라가보세요…… 누가 찾아오면 깜짝 놀랄 거예요……"

서로 얼굴을 마주하게 되더라도, 그녀는 내가 누구인지조차 모를 것이다. 그녀는 '작은 보석' 을, 내게 그런 이름을 지어준 시절 내게 걸었던 모든 희망을 잊었다. 그녀로서는 불행하게도 나는 위대한 예술가가 되지 못했다.

"부탁 하나만 들어줄래요?"

관리인 여자는 커다란 상자를 뒤지더니 내게 봉투를 하나 내밀었다.

"집세 독촉장이에요. 그 여자에게 줄 엄두가 안 나요. 안 그래도 내게 다시 욕설을 퍼부으려 할 텐데."

나는 봉투를 받아들고 안마당을 가로질렀다. 층계 A의 현관을 넘어서는 순간, 묵직한 무게가 심장 근처에서 느껴졌고 숨이 막혀왔다. 학교나 병원에서 흔히 보는 시멘트 계단에 철제 난간을 두른 층계였다. 층계참마다 커다란 유리창이 있어서, 거의 백색에 가까운 밝은 빛이 쏟아져들어오고 있었다. 나는 첫번째 층계참에서 멈추었다. 세입자 이름이 붙어 있는 똑같은 짙은 색 나무문이 양쪽에 하나씩 있었고, 가운데에 또다른 문 하나가 있었다. 호흡을 가다듬으려고 애썼지만, 그 무게는 점점 무거워졌고 나는 숨이 막힐까봐 겁이 났다. 마음을 진정시키기 위해, 엄마 집 문에는 어떤 이름이 붙어 있을지 상상해보았다. 본명이 붙어 있을까, 아니면 예명이었던 그 이름이 붙어 있을까? 그도 아니면 그저 아주 간단하게 '보슈' 혹은 '불사조'라고 씌어져 있을까. '작은 보석'이라고 불리던 시절, 그리고 불로뉴 숲 근처 아파트까지 혼자 돌아가던 시절 나는 엘리베이터 안에 오랫동안 머무르곤 했다. 엘리베이터는 검은 철망으로 둘러싸여 있었고, 안으로 들어가려면 유리를 끼워놓은 문 두 짝을 밀고 들어가야 했다. 안에는 붉은 가죽의자가 놓여 있었고, 의자 양쪽으로는 유리창이 달렸으며, 천장에는 전등이 빛나고 있었다. 마치 방 안에 있는 것 같았다. 그것이 내가 가장 분명하게 기억하고 있는 엘리베이터의 모습이다.

3층 층계참에서 숨통을 조이는 그 무게가 다시 느껴졌다. 나는 다른 계단을 기억해보려고 했다. 두꺼운 붉은 융단이 깔려 있고 끝단마다 가는 구리봉이 박혀 있었지. 층계참에는 커다란 쌍여닫이문이 한 개씩뿐이었다. 그 새하얗던 문.

현기증이 나를 사로잡았다. 나는 가능한 한 난간에서 멀리 떨어져 거의 벽에 붙다시피 서 있었다. 하지만 이미 끝까지 올라가리라 결심한 상태였다. 발라디에 부인, 아니 베라가 아이를 두고 했던 소리가 다시 귓전에 울려퍼졌다. "얘는 밤에 혼자서 주택가를 산책해요…… 아이는 더이상 겁먹는 일이 없도록 스스로 단련하고 싶어해요……" 그래, 나도 마찬가지야. 나도 계속 올라가 '불사조'의 집 문 앞까지 갈 것이고, 그녀가 문을 열어주러 나올 때까지 짧게 초인종을 눌러댈 거야. 문이 열릴 때쯤이면 완전히 침착함을 되찾겠지. 그러면 냉담한 어조로 말해야지. "전기담요를 쓰지 마세요…… 정말 어리석은 짓이에요……" 그러고 나서 그 얼굴이 분노로 창백해지고 뒤틀리는 것을 차가운 눈길로 관찰해야지. 나는 그녀가 일상의 자질구레한 일들을 놓고 왈가왈부하는 것을 그다지 좋아하지 않았던 것을 기억하고 있었다. 하지만 그것도 커다란 아파트에 살던 시절, 그녀가 신비롭게 보이고 싶어했던 시절 이야기였다.

어느덧 5층에 도착했다. 그곳에도 문이 세 개 있었다. 문에 칠해놓은 지저분한 베이지색 페인트는 벽에 칠한 페인트와 마찬가지로 비늘처럼 일어나 있었다. 불을 켜놓은 알전구 하나가 천장에서 대롱거리고 있었다. 검은 잉크로 괴발개발 큼직하게 '보레'라고 적어놓은 모눈종이가 왼쪽 문에 테이프로 붙여져 있었다.

힘들여 계단을 올라온 것이 아니라, 우물 밑바닥으로 내려온 듯한 느낌이 들었다. 새하얀 쌍여닫이문이 희미한 전구 불빛 아래 칠이 다 일어난 낡은 문으로 바뀌고, 올가 오도예 백작부인이라고 새겨진 작은 금빛 문패가 '보레'라는 평범한 이름을 갈겨놓은 초등학생용 공책에서 뜯어낸 종잇조각으로 변하기까지는 열두 해라는 시간이 필요했던 것이다.

나는 초인종을 누르지 않고 문 앞에 가만히 서 있었다. 불로뉴숲 근처의 커다란 아파트까지 혼자 돌아와 초인종을 눌러도 문을 열어주러 나오는 사람이 없었던 적이 종종 있었다. 그러면 나는 계단을 내려가 대로변에서 약간 떨어져 있는 카페로 전화를 걸러 갔다. 카페 주인은 친절한 눈빛으로 나를 바라보았고, 손님들 역시 그랬다. 그들은 내가 누군지 알고 있다는 표정이었다. 나를 알아본 것이 틀림없었다. 어느 날인가는 한 손님이 "129번지에 사는 아이야"라고 말했다. 나는 돈이 없었지만, 사람들은 내게 통화료를 내라고 하지 않았다. 나는 공중전화 부스로 들어갔다. 전화기는 내게는 너무 높은 곳에 고정되어 있어서 '오퇴이 15 28'이라는 전화번호를 돌리기 위해서는 까치발을 해야 했다. 하지만 올가 오도에 백작부인 댁에서는 아무도 전화를 받지 않았다. 아주 잠깐, 초인종을 누르고 싶은 유혹을 느꼈다. 나는 그녀가 나와서 문을 열어줄 거라고 거의 확신하고 있었다. 우선, 끝없이 방들이 이어지던 오퇴이 15 28에서처럼 초인종 소리가 퍼져나가면서 희미해지기엔 이 아파트는 너무 작았다. 그리고 방문객이 거의 없으니, 그녀는 자신의 고독을 깨뜨려줄 작은 사건이라도 일어나기를 숨죽이며 노리고 있을 것이다. 아니면, 얼마 전부터 오지 않는 북아프리카 출신이라는 남자의 방문을 기다릴지도 모르고…… 어쩌면 때때로 그녀를 사로잡아 방에 처박혀 있게 하거나 며칠씩이고 어딘가로 잠적하게 만들던 그 광폭성 발작이 열두 해가 흐르는 동안 악화되었을 수도 있었다.

나는 봉투를 문 앞 깔개 위에 놓았다. 그러고는 아주 빠른 걸음으로 계단을 내려왔다. 마치 위험에서 벗어난 것처럼, 한 층씩 내려올 때마다 점점 더 가뿐해졌다. 마당에 이르자, 나는 숨을 쉴 수 있다는 사실에 놀랐다. 단단한 땅 위를, 안전한 보도 위를 걸으니 얼마나 안심이 되는지…… 조금 전 문 앞에서 몸짓 한 번, 발걸음

한 번 잘못 놀렸더라면, 늪으로 빠져들고 말았을 것이다.

*

지하철을 타기엔 충분한 동전이 남아 있었다. 열차 안에 들어서자 나는 좌석 위에 털썩 주저앉았다. 그 건물에서 멀어지자 행복감에 뒤이어 극도의 피로감과 무력감이 몰려왔다. 아무리 이성적으로 생각해보고, '불사조'라고 불리는 그 여자와 나는 이젠 아무 상관도 없으며 얼굴을 맞대게 되더라도 나를 알아보지 못할 거라고 스스로 타일러봐도 소용없었다. 막연한 불안감을 사라지게 할 수는 없었다. 다른 노선으로 갈아타야 하는 나시옹 역을 그냥 지나치고 나자, 다시 숨쉬기가 힘들어져서 지상으로 올라왔다.

리옹 역 앞이었다. 이미 어둠이 내렸고 커다란 괘종시계의 바늘은 다섯시를 가리키고 있었다. 기차를 잡아타고 다음날 일찍 미디에 도착할 수 있다면 좋을 텐데. 아파트 초인종을 누르지 않고 건물에서 나와버린 것으로는 충분하지 않았다. 가능한 한 빨리 파리를 벗어나야 했다. 불행하게도 기차표를 살 돈이 부족했다. 동전 몇 개만 남기고 주머니에 있던 돈 전부를 관리인 여자에게 줘버렸기 때문이었다. '불사조'의 빚을 꺼줄 생각을 했다니 얼마나 우스운가…… 하지만 불로뉴 숲 근처 커다란 아파트에 살던 시절, 몸이 좋지 않을 때 엄마가 부르던 사람은 나뿐이었다. 엄마는 며칠이고 집을 비웠다가 부푼 얼굴에 험상궂은 눈을 하고 다시 나타났다. 매번 똑같은 시간이었다. 오후 다섯시. 그리고 똑같은 장소. 엄마가 쿠션을 놓아두고 플러시 천으로 덮어놓은, 거실에 있던 3층짜리 연단처럼 생긴 곳. 엄마는 쿠션 위에 길게 누워 있었다. 얼굴은 두 손으로 가린 채였다. 그러다가 내가 다가오는 소리를 들으면 늘 똑같은 말을 했다. "발목 좀 주물러주렴." 훗날 포숑브론 라 포레에 살 때 나는 소스라쳐 잠에서 깨곤 했다. 꿈속에서 들려오는 쉰 목소리 때문이었다. "발목 좀 주물러주렴." 그러면 잠시 동안은 여전히 그 커다란 아파트에 살고 있는 것만 같았다. 모든 것이 다시 시작되려 하고 있었다.

다시 지하철을 타러 내려갈 용기가 나지 않았다. 나는 걸어서 돌아가는 편을 택했다. 하지만 너무 생각에 골몰해 있어서 발길 닿는 대로 걷고 있었다. 나는 곧 내가 역에서 조금 떨어진 곳에서 계속 맴돌고 있음을 깨달았다. 육중한 건물들이 들어서 있는 거리들이 교차하는 지점이었다. 잠시 후 나는 그 거리들 중 하나가 끝나면서 나오는 디드로 대로에 접어들었다. 역 주변으로 오가는 여행객들과, '카페 외로팽'이라는 네온사인이 보였다.

테르미뉘스 호텔. 나는 이 구역에 방을 빌렸어야 했다고 중얼거렸다. 역 주변에 살면, 그것으로 인해 삶은 완전히 바뀌게 된다.

그저 잠시 머물다 떠난다는 생각을 하게 되는 것이다. 확정적인 것이라고는 아무것도 없다. 어느 날 불현듯 사람들은 기차에 올라탄다. 그곳은 미래를 향해 열려 있는 곳이다. 커다란 괘종시계의 숫자판이 아주 오래 전의 어떤 것을 상기시켰다. '작은 보석'이라고 불리던 시절, 이 시계를 보면서 시간 읽는 법을 배웠던 것 같다. 그때 나는 이미 혼자 지하철을 타고 다녔다. 포르트 마요에서 리옹 역까지 연결되는 노선이었다. 나는 실수하지 않으려고 열네 개의 역을 세면서 갔다. 그리고 조금 전에 그랬듯 리옹 역에서 내렸다. 계단을 다 올라가면, 저 커다란 괘종시계의 숫자판을 보고 내가 늦었는지 아닌지 확인하곤 했다. 그는 지하철역 입구 앞에서 나를 기다리고 있었다. 때로는 카페 외로팽 테라스에서 기다릴 때도 있었다. 외삼촌, 엄마의 친오빠 혹은 배다른 오빠였다. 어쨌든 엄마는 내게 그를 그렇게 소개했다. 종종 엄마가 전화에 대고, "오빠가 알아서 할 거예요…… 오빠를 보낼게요……"라고 말하는 소리를 들은 적도 있었다. 엄마가 없으면, 때때로 그가 나를 돌봤다. 그는 아파트에 머무르며 잠을 잤고 아침에는 나를 학교까지 데려다주기도 했다. 곧 나는 혼자 학교에 가게 되었고 점점 더 자주 결석하게 되었다…… 목요일과 일요일마다 리옹 역까지 지하철을 타고 가서 그를 만났다. 처음에는 아침마다 그가 나를 데리러 아파트까지 오곤 했다. 엄마는 그에게 아이 때문에 번거롭게 움직일 필요가 없으며, 내가 혼자서도 지하철을 탈 수 있다고 말했다…… 그는 감히 엄마의 의사를 거스르지 못하는 것 같았다. 하지만 종종 엄마한테는 아무 말도 하지 않고 아파트 아래에서 나를 기다리기도 했다.

그후로 이 길을 걷는 것은 정말 오랜만이었다. 그는 여전히 이 근처에 살고 있을까? 우리는 리옹 역을 뒤로 하고 왼쪽으로 꺾어져 조금 전의 그 작은 길들 중 하나를 따라 걸어갔었다. 그러면 가로수가 늘어서 있는 대로와 만나게 되었다. 그곳에서 우리는 늘 비어 있는 어떤 차고로 들어갔다. 그리고 아파트 앞까지 계단으로 올라갔다. 현관을 지나갈 때면, 한가운데 식탁이 놓여 있는 방이 들여다보였다. 엄마와 그가 소위 남매지간이라지만, 그는 엄마와 성이 달랐다. 그의 이름은 장 보랑이었다. 비스킷 상자 안에 그의 사진이 들어 있었는데, 나는 곧 그라는 것을 알아보았다. 사진 뒤에는 그의 이름이 연필로 적혀 있었다.

나를 짓누르는 무게가 계속 느껴졌다. 다른 생각을 할 걸 그랬다. 하지만 장 보랑이라는 사람은 내게 친절했다. 그는 엄마와는 달리 나쁜 추억거리는 아니었다. 나는 도메닐 대로까지 와 있었다. 차고가 있던 길과 비슷했다. 나는 차고를 찾기 위해 대로 양편을 살피며 길을 따라 걸었다. 차고를 찾았다면, 장 보랑씨라는 사람이 있는지 물어보았을 것이다. 내 기억에 남아 있는 대로라면,

그가 예전처럼 나를 기꺼이 맞아주리라 확신했다. 어쩌면 그는 나를 알아보지 못할지도 몰랐다. 그래도 나를 기억하고는 있을 것이 틀림없었다. 그는 정말 내 외삼촌이었을까? 어쨌든 그는 내 질문들에 대답해줄 수 있는 유일한 사람이었다. 하지만 아쉽게도, 대로 양편의 건물들을 아무리 살펴보아도 소용없었다. 아무것도 알아볼 수 없었다. 차고는 없었다. 지표라고는 아무것도 없었다. 어느 날 저녁 그는 이 동네, 리옹 역 근처 영화관으로 나를 데려갔다. 영화관에 간 것은 그때가 처음이었다. 내게 영화관은 굉장히 커 보였다. 영화관에서는 얼마 전에 작은 배역을 맡아 엄마와 함께 출연한 〈사수(射手)들의 교차로〉를 상영하고 있었다. 나는 스크린에 등장한 나를 알아보지 못했다. 내 목소리를 들었을 때, '작은 보석' 은 나와 다른 여자아이라고 생각하기까지 했다.

그래, 이 모든 것을, 장 보랑마저도 생각해서는 안 되는 것이었다. 그는 이 일들과 아무 관련이 없었지만, 그 역시 그 시절 내 삶의 일부를 이루고 있었다. 그 일요일, 보슈라고 불렸고 지금은 불사조라고 불리는 여자의 아파트 문 앞까지 가지 말았어야 했다. 이제 나는 발길 닿는 대로 걷고 있었고, 어서 바스티유 광장으로 가서 지하철을 타자고 생각했다. 나는 스스로를 안심시키려고 애썼다. 잠시 후 내 방에 도착하면 모로 바드마에브에게 전화를 걸어야겠다. 일요일 저녁이니까 틀림없이 집에 있을 거야. 블랑슈 광장의 카페에서 함께 저녁 식사를 하자고 해야지. 그에게 엄마와 장 보랑, 불로뉴 숲 근처의 아파트, '작은 보석' 이라고 불리던 여자아이에 대해서 모두 설명해야겠다. '작은 보석' 이 빙하 안에 갇혀 보존된 것처럼 나는 그대로였다. 길 가던 나를 갑자기 덮치고, 새벽 다섯시에 소스라쳐서 깨어나게 하는 것은 언제나 이 무시무시한 공포였다. 하지만 결국 나는 모든 것을 잊고 오랫동안 평온하게 지냈다. 그런데 엄마가 죽지 않았다고 믿게 된 지금, 어떤 길로 가야 할지 더이상 알 수 없었다. 파란색 표지판에 '르드뤼 롤랭 대로' 라고 씌어진 것이 보였다. 이 대로는 어느 작은 길을 가로질러 뻗어 있었다. 그 작은 길에 이르니 다시 육중한 리옹 역 건물과 괘종시계의 야광 숫자판이 보였다. 나는 같은 곳을 맴돈 것이고, 다시 출발점으로 돌아와 있었다. 역은 자석처럼 나를 끌어당기고 있었다. 그것은 운명이 보내오는 신호였다. 어서 기차에 올라타야 해. 다리를 끊어버려야 해. 이 말이 갑자기 떠오르자, 떨쳐버릴 수가 없었다. 그 말은 내게 다시 약간의 용기를 주었다. 그래, 다리를 끊어버려야 할 때가 되었다. 하지만 나는 역을 향해 가는 대신 르드뤼 롤랭 대로를 따라 계속 나아갔다. 다리를 끊어버리기 전에 끝까지, '끝까지' 라는 말이 무슨 의미인지 잘 알지는 못했지만, 끝까지 가야 했다. 지나가는 사람은 아무도 없었다. 일요일 저녁이었으니 당연했다. 그 일요일 저녁 계속 길을 따라 나아가고 있는데, 마치 선글라스라도 끼고 있는 것처럼 대로가 점점 어두워졌다. 침침해지고 있는 것은 내 눈인 것 같았다. 저 아래 왼편 보도 위로 약국 네온사인 간판이 보였다. 나는 다시 어둠 속에 남게 될까 두려워 간판에서 눈을 떼지 않았다. 그 간판이 초록 불빛을 반짝이고 있는 한은 방향을 잡을 수 있었다. 나는 그곳에 닿을 때까지 간판 불빛이 꺼지지 않기를 바랐다. 일요 당직을 맡은 르드뤼 롤랭 대로변의 약국 하나. 너무 어두운 나머지 시간 관념을 상실한 나는 한밤중이라고 생각했다. 유리 너머로 카운터에 앉아 있는 갈색머리 여자가 보였다. 흰색 가운을 입고, 부드러운 얼굴 표정과는 대조적이게 머리카락을 단단히 틀어올린 모습이었다. 그녀는 쌓아놓은 종이들을 가지런하게 정리했고, 때때로 초록색 뚜껑의 비크 볼펜으로 뭔가를 기입했다. 내가 바라보고 있다는 것을 그녀가 곧 깨닫게 되겠지만, 눈을 뗄 수가 없었다. 그 얼굴은 내가 지하철에서 본, 혹은 5층 아파트에 있을 거라 상상했던 '불사조'의 얼굴과는 너무 달랐다…… 분노로 뒤틀리거나 욕설을 퍼붓기 위해 입매가 일그러지는 일은 결코 없을 것 같은 얼굴이었다…… 그녀는 평안한 불빛에 감싸여 아주 평온하고 우아해 보였다. 저녁이면 포송브론 라 포레에 켜지던 것과 같은 따뜻한 불빛…… 내가 정말 그런 불빛을 알았던 적이 있기나 한 것일까? 나는 유리문을 밀었다. 가벼운, 수정처럼 맑은 종소리. 여자가 고

개를 들었다. 나는 그녀를 향해 걸어갔지만 뭐라고 말해야 할지 알 수 없었다.

"어디가 안 좋으세요?"

하지만 나는 단 한 마디도 꺼낼 수가 없었다. 그리고 계속 숨통을 조여오는 무게. 그녀가 다가왔다.

"아주 창백하군요……"

그녀는 내 손을 잡았다. 내 모습에 두려움을 느꼈을 것이다. 어쨌든 그녀가 내 손을 꽉 잡는 것이 느껴졌다.

"저기 앉아요……"

그녀는 계산대 뒤 낡은 가죽 안락의자가 놓여 있는 방으로 나를 데리고 갔다. 나는 의자에 앉았고, 그녀는 손으로 내 이마를 짚었다.

"열은 없는데…… 손이 얼음장 같군요…… 어디가 안 좋죠?"

오래 전부터 나는 그 누구에게도 아무 말도 하지 않았다. 나는 혼자 모든 것을 간직하고 있었다.

나는 대답했다.

"설명하자면 너무 복잡해요."

"왜요? 복잡할 건 아무것도 없어요……"

나는 눈물을 쏟았다. 개가 죽은 후로는 그런 적이 없었다. 그것도 벌써 열두 해 전의 일이었다.

"최근에 충격 받은 일이 있나요?"

여자는 나지막한 목소리로 물었다.

"죽었다고 생각한 사람을 다시 봤어요."

"아가씨와 아주 가까운 사람인가요?"

"별일 아니에요."

나는 미소를 지으려고 애쓰면서 단정적으로 말했다.

"피곤해서 그래요……"

그녀는 일어섰다. 그녀가 약국 저쪽에서 서랍을 여닫는 소리가 들렸다. 나는 계속 의자에 앉아 있었고, 그 자리를 떠야겠다는 생각은 들지 않았다.

그녀는 다시 방으로 돌아왔다. 흰 가운을 벗고 치마와 진회색 스웨터를 입은 모습이었다. 그녀는 빨간 알약이 거품을 내며 녹고 있는 잔을 내밀었다. 그러고는 내 옆 의자 팔걸이에 앉았다.

"다 녹을 때까지 기다려요."

나는 기포가 일고 있는 빨간 물에서 눈을 뗄 수 없었다. 그 물은 빛을 발하고 있었다.

"이게 뭐죠?"

나는 그녀에게 물었다.

"아가씨한테 좋은 거예요."

그녀는 다시 내 손을 잡았다.

"손이 늘 이렇게 차요?"

그녀가 '차다'라는 단어에 힘을 주며 말하자, 포송브론에 살 때 잠자리에 든 내게 프레데리크가 몇 페이지씩 읽어주던 책 제목이 갑자기 떠올랐다. '추운 지방의 아이들.'

나는 잔에 든 것을 단숨에 들이켰다. 쓴맛이 났다. 하지만 어렸을 때는 이보다 더 쓴 것들도 마셔보았다.

그녀는 앉은뱅이 의자를 찾으러 밖으로 나가더니, 내가 다리를 올려놓도록 그것을 갖다놓았다.

"긴장 풀어요. 별로 편안해 보이지 않아요."

그녀는 내가 비옷을 벗도록 도와주었다. 그러고 나서 내 반장화의 지퍼를 내리고 살며시 벗겼다. 그리고 다시 안락의자 팔걸이에 와서 앉더니 내 맥을 짚었다. 그녀의 손이 내 손목에 와닿자 안전하다는 느낌이 들었다. 그대로 잠들 것만 같았다. 수녀들이 에테르 가스를 들이마시게 해서 나를 재웠을 때와 똑같은 안락감이 느껴졌다. 내가 엄마와 함께 불로뉴 숲 근처의 커다란 아파트에 살기 직전의 일이었다. 그때 나는 한 학교의 기숙생이었다. 이젠 그날 내가 왜 누군가를 기다리며 거리에 서 있었는지 기억나지 않는다. 아무도 나를 데리러 오지 않았다. 그래서 길을 건너가다가 소형 트럭에 받혀 발목을 다쳤다. 사람들은 나를 방수포가 씌워진 그 작은 트럭 안에 눕히고는 그리 멀지 않은 어떤 집으로 데려갔다. 사람들은 나를 침대에 눕혔다. 수녀들이 내 주위에 둘러서 있었고, 그중 한 명이 내 위로 몸을 숙였다. 하얀 수녀모를 쓰고 있던 그 수녀가 내게 에테르 가스를 들이마시게 했다.

"이 동네에 살아요?"

나는 클리시 광장 쪽에 살고 있으며 지하철을 타고 집으로 가려고 하는데 갑작기 몸이 불편해졌다고 말했다. 하마터면 뱅센으로 가서 '불사조' 가 사는 건물을 방문한 이야기를 할 뻔했다. 그녀에게 그 이야기를 이해시키기 위해서는 아주 먼 과거로, 학교—그 학교가 정확히 어디에 있는지 알면 좋으련만—가 파한 후 기다리던 그날 오후까지 거슬러 올라가야 했을 것이다. 곧 사람들이 모두 집으로 돌아가고, 보도는 텅 비고, 교문은 닫힌다. 나는 계속 기다리고 있지만 아무도 데리러 오지 않는다. 에테르 덕분에 나는 더이상 발목에 통증을 느끼지 않고 잠에 빠져들었다. 그로부터 일이 년 후 불로뉴 숲 근처의 아파트 욕실에서 에테르가 들어 있는 작은 병을 발견했다. 나는 그 짙푸른 색깔에 매혹당했다. 엄마는 발작을 일으킬 때마다 아무도 보고 싶어하지 않았고, 음식을 쟁반에 받쳐서 침대로 갖고 오라고 하거나 발목을 주물러달라고 했다. 그럴 때면 나는 매번 용기를 내기 위해 작은 병을 열고 에테르 가스를 들이마셨다. 정말이지 설명하자면 너무 긴 이야기였다. 그대로 아무 말 없이 다리를 길게 뻗은 채 있는 것이 더 좋았다.

"좀 나아졌어요?"

나는 이토록 다정함과 강인함을 함께 지니고 있는 사람을 만나 본 적이 없었다. 다 털어놓아야 할까. 엄마는 정말 모로코에서 돌아가신 걸까? 비스킷 상자를 뒤질수록 슬그머니 의심이 생겨났다. 갑자기 몸이 불편해진 것은 사진들 때문이었다. 그중에서도 샹젤리제 근처 사진관에서 엄마가 원해서 찍은 내 사진. 엄마는 포즈를 취하고 사진을 찍고는, 사진사에게 내 사진도 한 장 찍어 달라고 부탁했다. 나는 그날 오후를 아주 분명히 기억하고 있다. 나는 처음부터 그곳에 있었다. 나는 사진 속에서 내게 '낙인' 같은 흔적을 남긴 액세서리들과 세부사항들을 찾아냈다. 엄마가 입고 있던, 허리가 꼭 맞는 넓은 명주 망사치마, 착 달라붙는 벨벳 블라우스, 흰 조명 아래서 요정처럼 보이게 하는 베일. 그러나 나, 드레스를 입고 있는 나는 가짜 신동, 서커스의 가여운 작은 짐승에 지나지 않았다. 한 마리 애완견. 오랜 세월이 흐르고 난 뒤 그 사진들을 보면서, 나는 엄마가 나를 무대로 내몰았다면 그건 엄마 자신이 원점에서부터 다시 시작할 수 있다는 환상을 갖기 위해서였음을 이해하게 되었다. 엄마는 실패했으니 이젠 내가 '스타'가 되어야 했다. 엄마는 정말 죽은 것일까? 흉조는 여전히 떠돌고 있었다. 하지만 다행스럽게도 지금 나는 모든 것을 털어놓을 수 있는 누군가와 함께 있었다. 굳이 말을 하지 않아도 되었다. 그녀에게 사진을 보여줄 생각이었다.

나는 의자에서 일어섰다. 말을 꺼낼 시점이었지만, 어디서부터 이야기를 풀어나가야 할지 알 수 없었다.

"두 다리로 버티고 설 만해요?"

여전히 주의깊은 시선, 평온한 목소리. 우리는 작은 방에서 나와 약국으로 건너갔다.

"의사에게 진찰을 받아야 해요. 약간 빈혈기가 있는 게 아닌가 싶어요."

그녀는 미소를 지으며 내 눈을 똑바로 들여다보았다.

"의사가 비타민 B 12를 맞으라는 처방을 써줄 거예요…… 하지만 지금 당장 놔주지는 않겠어요…… 나한테 다시 올래요?"

나는 그곳, 그녀 앞에 서 있었다. 나는 약국을 나가 혼자 남게 될 순간을 늦추느라 애쓰고 있었다.

"집에는 어떻게 돌아가죠?"

"지하철로요."

지하철이 사람들로 붐빌 시간이었다. 영화를 보거나, 그랑 불바르를 산책하고 집으로 돌아가는 사람들이었다. 집까지 다시 지하철을 타고 갈 용기가 나지 않았다. 이번에는 완전히 정신을 놓게 될까봐 두려웠다. 다른 이유도 있었다. 샤틀레 역에서 다른 노선으로 갈아타야 할 텐데, 노란 외투와 다시 맞닥뜨릴 위험을 무릅쓰고 싶지 않았다. 똑같은 장소와 똑같은 시간, 모든 것이 마지막까지 되풀이되려 하고 있었다. 나는 오랜 악순환에 사로잡혀 있었다.

"데려다줄게요."

간발의 차이로 그녀는 나를 구해준 것이었다.

그녀는 불을 끄고 약국 문을 열쇠로 잠갔다. 간판은 여전히 빛나고 있었다. 우리는 나란히 걸어갔다. 이런 상황에 익숙하지 않은 나로서는 정말 믿을 수 없는 일이었다. 금세 내 방에서 깨어나 이 모든 것이 꿈이라는 것을 깨닫게 될까봐 두려웠다. 그녀는 모피 외투의 호주머니에 손을 집어넣고 있었다. 나는 그녀의 팔을 잡고 싶었다. 그녀는 나보다 키가 컸다. 그녀가 내게 물었다.

"무슨 생각 하고 있어요?"

그러면서 그녀가 내 팔을 잡았다.

우리는 내가 조금 전 건넜던 교차로에 도착했고, 이제는 리옹역과 시계가 바라다보이는 작은 길을 따라 걷고 있었다.

"너무 친절하시다고, 그리고 괜히 저 때문에 시간을 허비하시는 건 아닌가라고요."

그녀는 나를 향해 얼굴을 돌렸다. 모피 외투의 깃이 뺨을 스쳤다.

"무슨 그런 말을. 아가씨 때문에 시간을 허비하다니, 그렇지 않아요."

그녀는 잠깐 머뭇거리더니, "난 아가씨에게 부모님이 계신지 생각하고 있었어요"라고 말했다.

나는 어머니가 계시고 근교에 살고 있다고 대답했다.

"아버지는요?"

아버지? 그 역시 아마도 근교 어딘가에 혹은 파리에, 그도 아니면 이 넓은 세상 아주 먼 어딘가에 살고 있을 것이다. 아니면 오래 전에 돌아가셨던가.

"전 제 아버지가 누군지 몰라요."

그녀가 당황해할까봐 나는 활달한 어조로 대답했다. 게다가 나는 속을 털어놓는 일에 익숙하지도 않았다.

그녀는 말이 없었다. 내 처량하고 우울한 이야기가 그녀에게 충격을 준 것 같았다. 나는 좀더 즐거운 얘기를 밝은 목소리로 말하려고 애썼다.

"하지만 다행히도 저를 아주 귀여워하시는 외삼촌이 절 키워 주셨어요."

완전히 거짓말은 아니었다. 일 년 혹은 이 년 동안 그 장 보랑이라는 사람이 목요일마다 나를 돌봐주었으니까. 그의 집에서 그다지 멀지 않은, 놀이기구가 있는 트론 장(場)에 나를 데려가준 적도 있었다. 외삼촌이라고? 어쩌면 그는 내 아버지인지도 몰랐다. 엄마는 모든 단서를 뒤섞어놓았다. 그리고 불로뉴 숲 근처의 아파트에 살던 시절, 감쪽같이 진실을 윤색했다…… 어느 날인가 엄마는 내게 "저속한 것들을 좋아하지 않는다"고 말했다. 나는 엄마가 무슨 말을 하는지 이해할 수 없었다. 우리가 커다란 아파트에 살던 시절, 엄마가 더이상 쉬잔 쇼비에르라고 불리지 않던 시절이었다. 엄마는 올가 오도예 백작부인이었다.

"제 가족 이야기로 지루하게 해드리고 싶지 않아요."

그녀는 여전히 내 팔을 잡고 있었다. 우리는 리옹 역에 도착했다. 지하철역은 그 근처에 있었다. 자, 이제 끝났다. 계단 앞에 나를 놓아두고 가겠지.

"택시로 데려다줄게요."

그녀는 나를 역 쪽으로 이끌었다. 나는 너무 놀라서 어떻게 고마움을 표해야 할지 몰랐다. 보도를 따라 택시들이 늘어서 있었다. 운전사는 목적지를 말해주길 기다리고 있었다. 마침내 나는 "블랑슈 광장이요"라고 말했다.

그녀는 내가 오래 전부터 그 동네에 살았는지 물었다. 아니요, 몇 달 전부터예요. 작은 골목길에 있는 방 한 칸을 빌렸어요. 옛 호텔 건물이에요. 방값이 그다지 비싸진 않아요. 그리고 일자리도 찾았지요…… 택시는 강변도로와 일요일 저녁의 텅 빈 길들을 달렸다.

"어쨌든 친구들은 있지요?"

트루아 카르티에 매장에서 같이 일했던 뮈리엘이 토요일 저녁이면 함께 어울리는 사람들을 내게 소개해준 적이 있다. 얼마 동안 나는 그 패거리와 어울렸다. 그들은 레스토랑에 가고 디스코텍에 출입했다. 매장 여점원들과 주식시장이나 보석 전문점 혹은 자동차 판매점에서 갓 일을 시작한 남자들. 매장의 책임자들. 그들 중 다른 사람들에 비해 재미있어 보이는 남자와 단둘이 외출한 적이 있다. 그는 레스토랑으로 나를 초대했고, 옛날 미국 영화를 보기 위해 몽마르트르에 있는 영화관 '스튜디오 28'로 나를 데려갔다. 어느 날 밤, 그는 영화관에서 나와 샤틀레 근처의 한 호텔로 나를 데려갔다. 나는 그가 하는 대로 내버려두었다. 이 모든 사람과 모든 외출은 희미한 추억으로 남아 있을 뿐이다. 그것은 내게 중요하지 않았다. 심지어 그 남자의 이름조차 기억나지 않았다. 그 사람의 성이 뷔를리체르라는 것만 머릿속에 남아 있을 뿐.

"이젠 친구가 그다지 많지 않아요."

나는 그녀에게 대답했다.

"그렇게 혼자 있으면 못써요…… 그러면 우울한 생각들에 맞서 싸울 수 없을 거예요……"

그녀는 내 쪽으로 얼굴을 돌리고는 어딘지 영민해 보이는 미소를 지으며 나를 바라보았다. 나는 그녀의 나이를 감히 물어볼 수 없었다. 그녀는 커다란 아파트에 살며, 나와 사진을 찍었을 당시의 엄마와 비슷한 나이로, 나보다 열 살에서 열다섯 살 정도 많을 것 같았다. 어쨌든 모로코에 갔다는 생각은 얼마나 엉뚱한 것인지. "나쁜 여자는 아니었어." 어느 날 저녁 엄마에 관해 얘기하다가 프레데리크가 내게 말했다. "단지 운이 없었던 거지……" 엄마는 '오페라 학교'에서 고전발레를 배우기 위해 아주 어렸을 때 파리로 올라왔다. 그것이 엄마가 흥미를 느끼는 유일한 것이었다. 그리고 얼마 후 엄마는 '발목'에 문제가 생겨 춤을 그만두어야 했다. 스무 살에 엄마는 무용수였고, 페라리, 프렐뤼드, 물랭블뢰 같은 뮤직홀의 현란한 공연물에 출연했다. 이 모든 뮤직홀들의 이름은, 엄마를 그다지 좋아하지 않았고 마찬가지로 그런 곳에서 일했던 갈색머리 여자의 입에서 흘러나왔다. "너도 알겠지." 프레데리크가 내게 말했다. "발목 때문이었어. 네 엄마는 부상을 입어서 마치 도살장으로 끌려가는 경주마 같았단다."

약사가 내 쪽으로 몸을 숙이고 말했다.

"두려움을 쫓아내도록 해봐요. 눈을 감고 기분 좋은 일을 생각하는 거예요."

우리는 루브르 박물관 못 미쳐 있는 리볼리 가에 도착했다. 행인도 없었고 차라고는 한 대도 없었지만 택시는 붉은 신호를 지키며 서 있었다. 오른쪽 어둠침침한 건물 전면에 한 재즈클럽의 망가진 네온 간판이 붙어 있었다. 하지만 불이 들어오지 않은 글자가 많아서 클럽 이름을 읽을 수가 없었다. 어느 일요일 저녁, 오래된 악단이 연주하는 저 지하 클럽에 다른 사람들과 함께 가본 적이 있었다. 그날 우리가 가지 않았더라면, 악단은 손님이 없어서 연주를 하지 못했을 것이다. 자정경 뷔를리체르라고 불리던 그 남자와 함께 지하 클럽에서 나왔을 때, 내 고독한 처지가 뼈저리게 느껴졌던 것 같다. 인적 끊긴 리볼리 가, 1월의 추위…… 그는 내게 함께 호텔로 가자고 청했다. 나는 이미 가파른 계단이 있고 곰팡내가 나는 그 호텔을 알고 있었다. 아직 엄마의 이름이 쉬잔 쇼비에르였고 엄마가 지금의 내 나이였을 때 이런 일요일 밤에 떠돌아다니다 들어가고 말았을 호텔이 그랬을 거라고 생각했다. 모든 것이 다시 되풀이될 이유는 없었다. 그래서 나는 달아났다. 나는 줄줄이 늘어선 아케이드 밑을 달려갔다.

*

클리시 대로에 이르자, 나는 택시 운전사에게 저기 길모퉁이에 세워달라고 부탁했다. 이제 헤어져야 할 순간이었다. 나는 약사에게 말했다.

"데려다주셔서 고맙습니다."

나는 어떻게든 그녀를 붙잡아둘 구실을 찾고 있었다. 어쨌든 그렇게 늦은 시간은 아니었다. 블랑슈 광장의 카페에서 함께 저녁 식사를 할 수도 있었다. 하지만 먼저 제안해온 것은 그녀였다.

"아가씨가 살고 있는 곳을 한번 볼 수 있을까요."

우리는 택시에서 내렸다. 보도로 접어드는 순간 나는 묘하게 경쾌해지는 느낌이 들었다. 누군가와 함께 이 길을 걷는 것은 처음이었다. 저녁에 혼자 집으로 돌아갈 때 쿠스투 거리 모퉁이에 도착하면, 갑자기 현실을 떠나 시간이 정지해버린 지대로 미끄러져 들어가는 느낌이 들었다. 그러면 오던 방향과 반대로 경계선을 되넘어가 블랑슈 광장으로, 삶이 계속되고 있는 그곳으로 다시 가지 못할까봐 겁이 났다. 나는 잠자는 숲속의 미녀처럼 이 작은 길과 방에 갇히게 될 거라고 중얼거렸다. 하지만 그날 밤은 누군가 나와 함께 걷고 있었고, 우리 주변에는 무대장식처럼 무해하고 부자연스러운 풍경만이 펼쳐져 있을 뿐이었다. 우리는 오른편 보도 위로 걸어갔다. 그녀의 팔을 잡은 것은 나였다. 그녀는 자신이 그곳에 와 있다는 것에 전혀 놀라지 않는 것 같았다. 우리는 길 초입의 커다란 건물을 따라서 걸어갔고, 길게 뻗은 입구가 희미한 어둠에 잠겨 있는 카바레 앞을 지나갔다. 그녀는 고개를 들어 검은 글자로 새긴 간판을 쳐다보았다. '르 네앙*' 이라고 적혀

---

* 프랑스어로 '무(無)' 를 의미함.

있었다.

"저곳에 공연 보러 가본 적 있어요?"

나는 없다고 대답했다.

"그렇게 재미있을 것 같진 않군요."

이 시각에 '르 네앙' 앞을 지나가노라면 두려웠다. 그곳에서는 중력의 법칙이 작용하지 않아 길게 뻗은 입구 안으로 끌려, 아니 빨려들어갈 것만 같았다. 미신적인 생각에 나는 반대쪽 보도로 걸어가곤 했다. 지난주에는 '르 네앙' 으로 들어가는 꿈을 꾸었다. 나는 어두컴컴한 가운데 앉아 있었다. 조명이 켜지자 차가운 백색 광선이 작은 무대와 실내를 비추었고, 내 앞에는 둥근 테이블이 하나 놓여 있었다. 다른 테이블들은 움직이지 않는 남녀들의 실루엣이 차지하고 있었다. 나는 그들이 살아 있는 존재가 아니라는 것을 알고 있었다. 나는 소스라쳐 잠에서 깨어났다. 소리를 질렀던 것도 같다.

우리는 쿠스투 가 11번지 앞에 도착했다.

"곧 보시겠지만…… 그다지 안락하지는 않아요. 방 안을 난장판으로 만들어놓고 나오지는 않았나 걱정이 되네요……"

"그러면 어때요."

누군가 나를 보호해주고 있었다. 나는 더이상 수치스럽지 않았고 아무것도 두렵지 않았다. 내가 앞장서서 계단을 오르고 복도를 걸어갔지만, 그녀는 아무 지적도 하지 않았다. 그녀는 무심한 표정으로, 마치 길을 알고 있다는 듯 나를 따라왔다.

나는 문을 열고 불을 켰다. 다행히 침대는 정돈되어 있었고, 옷들도 벽장 안에 정리되어 있었다. 외투만이 창문 손잡이에 걸려 있었다.

그녀는 창가 쪽으로 갔다. 그러고는 예의 그 평온한 목소리로 말했다.

"바깥이 너무 시끄럽지는 않아요?"

"아니요, 전혀 그렇지 않아요."

건물 밑은 퀴제 가의 끝이었는데, 블랑슈 광장까지 곧바로 가고 싶을 때 종종 택하는 길이었다. 거기에 노란 목재로 외장을 마감한 '르 캉테르' 라는 바가 있었다. 아주 늦은 밤, 담배를 사기 위해 그곳에 들어간 적이 있었다. 갈색머리의 두 남자가 바에서 한 여자와 술을 마시고 있었다. 안쪽 테이블에서는 또다른 사람들이 무거운 침묵 속에서 카드놀이를 하고 있었다. 술집 주인이 담배를 사려면 음료를 마셔야 한다고 말하자, 두 남자 중 한 명이 나를 위해 얼음을 넣지 않은 위스키를 주문해주었다. 나는 어서 끝내버리기 위해 단숨에 들이마셨다. 그는 내게 "부모님과 함께 살고 있나요"라고 물었다. 정말이지 묘한 분위기가 감도는 곳이었다.

그녀는 유리창에 이마를 갖다댔다. 나는 전망이 그다지 좋지는 않다고 말했다. 그녀는 덧창과 커튼이 없다고 지적했다. 잠자는 데 방해가 되진 않나요? 나는 그녀를 안심시켰다. 전 커튼이 필요 없어요. 있으면 요긴할 물건은 안락의자밖에 없었다. 그냥 의자라도 있으면 싶었다. 하지만 지금까지 나는 누군가의 방문을 받은 적이 없었다.

그녀는 침대 가장자리에 걸터앉았다. 그리고 내가 좀 나아졌는지 물었다. 그럼요, 멀리서 약국 간판이 빛나는 것을 봤을 때에 비하면 정말 훨씬 좋아졌어요. 그 표시가 없었다면 어떻게 되었을지 모르겠어요.

나는 블랑슈 광장의 카페에서 함께 저녁 식사를 하자고 제안하고 싶었다. 하지만 그녀를 초대할 만큼 돈이 충분하지 않았다. 그녀는 곧 떠날 것이고, 나는 이 방에 홀로 남게 될 것이다. 그 사실은 나 혼자 택시에서 내리게 되리라고 생각했던 조금 전보다 훨씬 더 심각하게 다가왔다.

"일은? 잘돼요?"

착각일지 몰라도 그녀는 정말로 나를 걱정해주고 있었다.

"친구 한 명과 함께 일하고 있어요."

나는 그녀에게 대답했다.

"우리는 외국에서 내보내는 라디오 방송물들을 번역하죠."

모로 바드마에브가 이 거짓말을 들었다면 어떻게 반응했을까?

하지만 나는 텔로르 직업소개소도, 베라 발라디에도, 그녀의 남편과 아이에 대해서도 말하고 싶지 않았다. 그날 저녁, 그것은 내게 두려움을 불러일으키는 주제였다.

"외국어를 많이 아나봐요?"

나는 그녀의 눈 속에서 일종의 존경심을 읽었다. 내가 한 말이 거짓말이 아니라면 좋았을 텐데.

"외국어를 잘 아는 건 친구예요. 전 아직 '동양어 대학' 학생이고요……"

대학생. 나는 늘 이 단어 앞에서는 주눅이 들었고, 내게 대학생이라는 신분은 도달할 수 없는 것처럼 보였다. 보슈에게는 학업수료증조차 없었을 것이다. 엄마는 철자법이 엉망이었지만, 커다란 글씨체 때문에 눈에 잘 띄지 않았다. 그리고 나는 열네 살에 학교를 그만두었다.

"그러니까, 대학생이네요?"

그녀는 나에 대해 안심한 것처럼 보였다. 그녀를 더 안심시켜주고 싶어서 나는 덧붙였다.

"제게 동양어 대학에 등록하라고 권한 사람은 외삼촌이에요. 그분 자신이 교수세요."

나는 잘 알지 못하는, 팡테옹 어름에 있다고 내 마음대로 정해버린 대학 구역에 위치한 아파트 하나를 상상했다. 그리고 책상 앞에 앉아 램프 불빛을 받으며 고서 위로 몸을 수그리고 있는 외삼촌의 모습도.

"외삼촌은 전공이 뭐죠?"

그녀는 내게 미소를 지어 보였다. 정말로 그 거짓말에 속았을까?

"철학이요."

나는 아파트에 살던 시절 목요일마다 본 그 남자, 내 외삼촌 — 사람들이 그에게 붙여준 호칭대로라면 — 장 보랑을 생각했다. 우리 둘은 텅 빈 커다란 차고에서 우리 목소리가 만들어내는 메아리를 들으며 즐거워했다. 그는 젊었고 파리 말씨를 썼다. 나를 영화관에 데려가서 〈사수들의 교차로〉를 보여주고, 차고와 아주 가까운 '트론 장(場)' 에도 데려갔다. 항상 넥타이핀을 꽂고 있었고 오른쪽 손목에는 사슬 팔찌를 끼고 있었는데, 엄마가 선물로 준 것이라고 했다. 그는 엄마를 '쉬잔' 이라고 불렀다. 그는 내가 그를 철학교수로 둔갑시킨 것을 이해하지 못했을 것이다. 왜 거짓말을 했을까? 더구나 나에게 무척 호의를 품은 것 같은 이 여자에게.

"아가씨가 잠 좀 자게 이제 난 그만 가봐야겠어요……"

"오늘 밤 저와 함께 있어줄 순 없나요?"

마치 다른 누군가가 나 대신 말하는 것 같았다. 나는 내가 감히 그런 말을 했다는 것에 정말 놀랐다. 그러고 나니 창피해졌다. 그녀는 조금도 눈살을 찌푸리지 않았다.

"혼자 있는 게 무서워요?"

그녀는 내 곁에, 침대 가장자리에 앉아 있었다. 그녀는 내 눈을 똑바로 들여다보았다. 톨라 순구로프가 그린 엄마의 눈빛과는 정반대로 부드러운 시선이었다.

"그래서 안심이 된다면 여기 있을게요……"

그녀는 자연스러운 동작으로, 나른한 듯 신발을 벗었다. 마치 매일 저녁 이 시각 이 방에서 그렇게 하는 것처럼. 그녀는 외투를 벗지 않고 침대에 누웠다. 나는 침대 가에 앉은 채 그대로 꼼짝 않고 있었다.

"나처럼 해야죠…… 잠을 자야 한다니까요……"

나는 그녀 옆에 누웠다. 무슨 말을 해야 할지 몰랐다. 아니, 나는 두려워하고 있었다. 사소한 말 한마디를 해도 거짓되게 울리고, 그녀가 생각을 바꿔서 방을 나가버릴 것만 같았다. 그녀 역시 아무 말이 없었다. 건물 바로 맞은편 아래에서 올라오는 듯한 음악 소리가 아주 가깝게 들렸다. 누군가 타악기를 연주하고 있었다. 또렷하고 구슬픈 음들이 배경음악처럼 깔렸다.

"저 소리가 '르 네앙' 에서부터 올라오는 건가요?"

그녀는 내게 묻더니 웃음을 터뜨렸다. 두려움에 사로잡히고 몸이 불편해지던 원인, 어린 시절 이래로 저주에서 벗어난 적이 한 번도 없었다고 생각하게 만들던 그 모든 원인이 한순간에 소멸되는 듯했다. 윤나게 다듬은 가느다란 콧수염을 기른 한 음악가가 실로폰을 두드리고 있다. 이제 나는 흰 조명이 쏟아지는 '르 네앙' 의 무대를 상상하고 있었다. 마부복을 입은 한 남자가 윙윙 채찍을 휘두르며 불분명한 목소리로 알린다.

"신사숙녀 여러분, 불사조를 소개합니다!"

조명이 약해진다. 갑자기 조명 속에서 노란 외투를 걸친 여인이 지하철에서 봤던 모습 그대로 나타난다. 그녀는 무대 앞으로 천천히 걸어나온다. 윤나게 다듬은 콧수염을 기른 남자는 계속 실로폰을 연주하고 있다. 그녀는 양팔을 치켜들며 관중에게 인사한다. 하지만 관중은 없다. 둥근 테이블들 주위에는 방부 처리되어 꼼짝 않는 사람들만 앉아 있다.

나는 그녀에게 말했다.

"맞아요, '르 네앙' 에서 올라오는 음악 소리 같아요."

그녀는 자기 쪽에 있는 침대맡 탁자 위의 램프를 꺼도 되겠냐고 물었다.

평소처럼 우리 위쪽 벽에 차고 간판의 네온 불빛이 어른거리고 있었다. 나는 기침하기 시작했다. 그녀가 가까이 다가왔다. 나는 그녀의 어깨 위에 머리를 올려놓았다. 모피의 부드러운 감촉을 느끼자, 고뇌와 어두운 생각들이 차츰차츰 멀어져갔다. 작은 보석, 불사조, 보슈, 노란 외투…… 이제 이 모든 비참한 액세서리는 다른 누군가의 삶에 속하는 것들이었다. 나는 그것들이 오랫동안 강제로 쓰고 있어서 호흡 곤란의 원인이 된 무거운 마구와 의상이라도 되는 양, 그것들을 벗어던졌다. 이마에 그녀의 입술이 느껴졌다.

"그렇게 기침하면 안 돼요."

그녀는 나지막한 목소리로 말했다.

"이 방은 감기 걸리기 딱 좋겠어요."

사실이었다. 이제 곧 겨울로 들어서려고 하고 있는데도 아직 중앙난방이 가동되고 있지 않았다.

그녀는 아침 일찍 떠났다. 그날 나는 아이를 돌보러 뇌이로 가야 했다. 오후 세시경 발라디에 씨 집 초인종을 눌렀다. 문을 열어 주러 나온 사람은 베라 발라디에였다. 그녀는 나를 보고 놀란 것 같았다. 내가 그녀를 깨운 바람에 급하게 옷을 주워입고 나온 듯했다.

"목요일에도 오는 줄은 몰랐어요."

나는 아이가 집에 있냐고 물었고, 그녀는 없다고 대답했다. 아이는 아직 학교에서 돌아오지 않았어요. 하지만 오늘은 목요일이고 학교가 쉬는 날인데요. 그러자 그녀는 목요일에는 기숙생들이 오후 내내 운동장에서 놀아서 아이가 그애들과 함께 있다고 설명했다. 나는 베라 발라디에가 아이를 가리킬 때 이름을 부른 적이 한 번도 없으며, 그녀의 남편도 마찬가지라는 사실을 알아챘다. 둘 다 "그 아이"라고만 했다. 딸을 부를 때도 그저 "어디 있니? 너 뭐 하고 있니?" 하고 불렀다. 아이 이름을 입에 올린 적이 한 번도 없었다. 그 모든 세월이 흐르고 난 지금, 나 또한 아이 이름이 무엇이었는지 가물가물하다. 나는 그 이름을 잊어버렸고, 그애를 알기는 했는지 스스로 묻게 되었다.

그녀는 발라디에 씨가 책상 한귀퉁이에 걸터앉아 전화를 하던 1층 방으로 나를 안내했다. 왜 쉬는 날 아이를 기숙생들과 함께 학교에 남겨두셨어요? 나는 그렇게 묻지 않을 수 없었다.

"아이에게는 목요일 오후에 그곳에 있는 것이 아주 즐거운 일이니까요……"

예전에 엄마 역시 그 비슷한 말을 한 적이 있는데, 그 말을 들으면 나는 에테르 가스를 들이마시고 싶을 정도로 절망했다.

"조금 있다가 아이를 찾으러 가든가…… 하지만 그렇게 안 해도 아이는 혼자 돌아오는 걸 아주 좋아할 거예요…… 잠시 자리 좀 비워도 되겠죠?"

그녀의 목소리와 표정에서는 어떤 당혹스러움이 느껴졌다. 그녀는 의자라고는 찾아볼 수 없는 방에 나를 놓아두더니 아주 빠른 걸음으로 나가버렸다. 나는 발라디에 씨처럼 책상 한귀퉁이에 앉아보고 싶다는 유혹을 느꼈다. 양쪽으로 서랍이 두 개씩 있고 가죽으로 덮인 엷은 색깔의 육중한 책상이 놓여 있었다. 책상 위에는 종이 한 장, 연필 한 자루 없이 전화기만 달랑 놓여 있었다. 아마도 발라디에 씨는 서류들을 서랍 속에 정리해두는 모양이었다. 나는 호기심을 억누를 수가 없어서 서랍들을 차례로 여닫았다. 서랍들은 텅 비어 있었다. 한 서랍에만 '미셸 발라디에'라는 이름이 찍힌 명함 몇 장이 안쪽 깊숙한 곳에서 굴러다니고 있었는데, 뇌이가 아닌 다른 주소가 기재되어 있었다.

갑자기 계단 쪽에서 다투는 소리가 났다. 발라디에 부인의 목소리라는 것을 알 수 있었다. 놀랍게도 그녀는 상당히 상스러운 말을 하고 있었다. 그러나 때때로 그 목소리는 애처롭게 들렸다. 어떤 남자가 그녀의 말에 대꾸를 하고 있었다. 그들이 방문 앞을 지나가는 것이 보였다. 발라디에 부인의 목소리는 부드러워져 있었다. 이제 그들은 현관에서 아주 낮은 목소리로 얘기하고 있었다. 그러고 나서 현관문에서 철컥 소리가 났고, 창문 너머로 키가 상당히 작고 스웨이드 가죽 재킷에 목도리를 두른 갈색머리 남자가 멀어져가는 것이 보였다. 그녀는 서재로 되돌아왔다.

"이렇게 혼자 있게 해서 미안해요……"

그녀가 내게 다가왔다. 나는 그녀의 눈길에서 그녀가 내게 뭔가 부탁하고 싶어한다는 것을 느꼈다.

"치울 게 좀 있는데 도와주겠어요?"

그녀는 계단 쪽으로 나를 안내했고, 나는 그녀를 따라 2층으로 올라갔다. 우리는 커다란 방으로 들어갔다. 안쪽에 아주 넓고 낮은 침대가 하나 놓여 있었다. 그 방의 유일한 가구였다. 침대는 흐트러져 있었고, 침대맡 탁자 위에는 잔 두 개와 샴페인 병이 놓인 쟁반이 있었다. 회색 양탄자 위에 떨어져 있는 샴페인 병 뚜껑이 눈에 띄었다. 담요는 밀쳐진 채 침대 발치에 걸려 있었다. 시트는 구겨져 있고 베개들은 침대 위에 어지럽게 흩어져 있었으며, 짙은 파란색 비단으로 지은 남성용 실내복과 슬립, 스타킹이 굴러다니고 있었다.

발라디에 부인이 창문을 열어젖히러 갔다. 약간 구역질나는, 향수와 담배가 뒤섞인 냄새가 떠돌고 있었다. 오랫동안 한 방 한 침대에 파묻혀 있던 사람들에게서 나는 냄새였다.

그녀는 파란색 실내복을 주워들더니 말했다.

"남편 옷장 안에 정리해두어야 해요."

그러고는 다시 돌아와서, 침대 정돈하는 것을 도와주겠느냐고 물었다. 그녀가 누군가에게 덜미를 잡힐까 두려워하는 것처럼 빠르고 거친 동작으로 시트와 담요를 잡아당기는 바람에 그 리듬을 따라가기가 힘들었다. 그녀는 슬립과 스타킹을 베개 밑에 숨겼다. 침대 커버 씌우는 일을 마치자 그녀의 시선이 쟁반에 머물렀다.

"아, 그렇지…… 잊어버리고 있었네……"

그녀는 샴페인 병과 잔 두 개를 들고 가더니 벽장문을 열었다. 신발들이 가지런히 정돈되어 있었다. 나는 그렇게 많은 신발을 본 적이 없었다. 여러 가지 색깔의 야회용 구두들, 발레슈즈 풍의 납작한 구두들, 반장화들…… 그녀는 맨 위 선반 구석으로 샴페인 병과 잔 두 개를 밀어넣고 다시 벽장문을 닫았다. 마치 경찰이 들이닥치기 전에 혐의를 살 만한 물건들을 급하게 숨기는 사람 같았다. 재떨이와 샴페인 병 뚜껑이 남아 있었다. 그것들을 집어든 사람은 나였다. 그녀는 내 손에서 그것들을 낚아채더니 문이 열려 있는 욕실로 들어갔다. 변기 물을 내리는 소리가 들렸다.

그녀는 이상한 시선으로 나를 뚫어져라 쳐다보았다. 내게 뭔가 말하고 싶어하는 듯했지만, 그럴 시간이 없었다. 열려 있는 창문을 통해 디젤 엔진 소리가 올라온 것이었다. 그녀는 창문 밖으로 몸을 내밀었다. 나는 바로 그 뒤에 있었다. 발라디에 씨가 택시에서 내리고 있었다. 그는 여행가방과 검은 가죽 서류가방을 들고 있었다.

우리가 그를 맞으러 갔을 때, 그는 벌써 책상 위에 앉아 통화중이었다. 그는 우리에게 손짓으로 인사했다. 그리고 잠시 후 전화를 끊었다. 발라디에 부인은 그에게 여행이 좋았냐고 물었다.

"그렇게 좋지는 않았어, 베라."

그녀는 생각에 잠긴 표정으로 고개를 끄덕였다.

"하지만 어쨌든 안심할 수는 있는 거죠?"

"전체적으로 그렇다고 할 수 있지. 하지만 아직도 몇 가지 자질구레한 게 말썽이야."

그는 내게로 몸을 돌리더니 미소를 지었다.

"애가 오늘 수업이 없나보죠?"

그는 자기 딸에 대해 말하고 있었지만, 정말로 관심이 있어서 하는 말이 아니라 나에 대한 예의로 그러는 것 같았다.

"기숙생들과 함께 학교에 놔뒀어요."

발라디에 씨는 감색 외투를 벗어서 책상 발치에 놓아둔 여행가방 위에 얹어놓았다. 그의 아내는 내가 학교로 아이를 데리러 가고 싶어한다고 그에게 설명했다.

"알겠지만, 애는 문제없이 혼자 집으로 돌아올 수 있어요……"

그의 목소리는 아주 부드러웠고, 여전히 내게 미소를 지어 보이고 있었다. 결국 그도 자기 아내처럼 생각하고 있었다.

"딸아이에 대해서 의논드리고 싶은 게 하나 있어요."

발라디에 부인이 내게 말했다.

"애가 개를 기르고 싶어해요."

발라디에 씨는 여전히 책상 한귀퉁이에 앉아 있었다. 그는 규칙적으로 한쪽 다리를 흔들어댔다. 그가 서재로 맞아들이는 사람들은 도대체 어디에 앉는 걸까? 캠핑용 의자들을 갖다놓는 걸까?

하지만 이곳엔 아무도 오지 않을 것 같았다.

"절대 안 된다는 것을 아이에게 설명해줘야 할 것 같아요."

베라 발라디에가 말했다.

그녀는 개가 이 집 안에 돌아다닐지도 모른다는 생각에 기겁한 것 같았다.

"좀 있다가 애에게 설명해줄 거죠?"

그 눈빛이 너무 근심에 잠겨 있어서 나는 "그럼요, 사모님"이라고 대답하지 않을 수 없었다.

그녀는 내게 미소를 지어 보였다. 내가 그녀의 큰 근심을 덜어주었다는 표정이 역력했다.

"날 그렇게 부르지 말고 베라라고 불러달라고 이미 부탁했잖아요."

그녀는 남편 곁 책상에 기대고 서 있었다.

"우리 두 사람을 베라와 미셸이라고 부르면 훨씬 더 간편할 거예요."

그녀의 남편도 내게 미소를 지어 보였다. 그들은 거기 내 앞에 그렇게 서 있었고, 아직 젊은 그들의 얼굴엔 윤기가 흘렀다.

내게 불길한 운명과 나쁜 추억들은 단 하나의 얼굴, 엄마의 얼굴로만 집약되었다. 아이는 이 두 사람을, 그 미소와 윤기 흐르는 얼굴을 상대해야겠지. 우리는 오랫동안 처벌을 피해갔던 범죄자들에게서 그런 의외의 모습을 발견하고 때때로 놀라워하지 않는가.

발라디에 씨는 윗도리 주머니에서 작은 여송연을 꺼내 라이터로 불을 붙였다. 그는 한 모금 빨더니 생각에 잠긴 채 연기를 내뿜었다. 그리고 나를 향해 돌아섰다.

"개 이야기는 알아서 잘 처리해주리라 믿습니다."

*

나는 곧 아이를 발견했다. 아이는 벤치에 앉아 그림책을 읽고 있었다. 아이 주변 운동장에는 그애보다 나이가 많은 소녀들이 스무 명쯤 흩어져 있었다. 기숙생들. 아이는 왜 자신이 그곳에 있는지도 모르고 그저 하루 종일 기다리는 사람처럼 주변의 소녀들에게 아무 관심도 기울이지 않았다. 아이는 내가 그렇게 일찍 자신을 데리러 온 것에 놀란 것 같았다.

우리는 페름 길을 따라 걸었다.

"곧바로 집에 돌아가지 않아도 돼요."

아이가 말했다.

길 끝에 이르러 우리는 불로뉴 숲으로 접어들었다. 소나무가 주종을 이루는 숲이었다. 11월의 오후가 저물어갈 무렵 여름과 바다를 떠올리는 나무들 사이로 걷다니 기분이 묘했다. 나 역시 이 아이 나이였을 때 집으로 돌아가고 싶어하지 않았다. 그런데 왜 엄마가 그곳에 사는지 이해도 못 하면서 엄마와 함께 살게 된 그 커다란 아파트를 집이라고 불렀던 걸까? 엄마가 나를 처음 그곳에 데려갔을 때, 나는 그곳이 엄마 친구 집이라고 생각했다. 그래서 우리 둘 다 그곳에서 밤을 지낸다는 사실에 놀랐다. 엄마는 "네 방을 보여줄게"라고 말했다. 잠자리에 들어야 했을 때, 내 마음은 그다지 편하지 않았다. 나는 그 텅 빈 커다란 방의 너무 넓은 침대에 누워, 누군가 들어와서 여기서 뭐 하고 있냐고 물으면 어떻게 대답할지 마음속으로 준비하고 있었다. 그랬다, 그때 이미 난 엄마와 내가 정말로 이 장소를 차지할 권리가 없다는 것을 어렴풋이 짐작했던 것 같다.

"그 집에 산 지는 오래 됐니?"

나는 아이에게 물었다.

아이는 그해 초부터 그 집에서 살았다. 하지만 전에 어디서 살았는지는 잘 기억하지 못했다. 처음 발라디에 씨 집에 간 날 내게 충격적이었던 것은 모든 방이 텅 비어 있다는 것이었다. 그 방들을 보니 내가 이 아이 나이였을 때 엄마와 함께 살던 아파트가 생각났다. 부엌에는 야광 표찰들과 검은색으로 집 안 구조를 그려 놓은 하얀 현판이 붙어 있었다. 식당, 서재, 현관, 거실…… 아이들 방이라고 써놓은 것도 있었다. 이 아이들은 어떤 아이들일까?

곧 이 아이들이 돌아와 왜 내가 자신들의 방에 있는지 물으려 들겠지.

어둠이 내리고 있었다. 아이는 돌아갈 시간을 늦추고 싶어하는 것 같았다. 우리는 아이 부모의 집에서 꽤 떨어진 곳에 있었다. 그런데 정말로 그곳이 그들의 집이었을까? 열두 해가 흐른 지금, 누가 엄마 역시 불로뉴 숲과 가까운 말라코프 대로에 산 적이 있다는 사실 따위를 알겠는가? 그 아파트는 우리 것이 아니었다. 훗날 나는 소유주가 집을 비운 사이 엄마가 그 집에 들어가 살았음을 알게 되었다. 프레데리크와 그녀의 친구가 어느 날 포송브론에서 저녁 식사중에 한 말이었다. 그때 나도 식탁에 앉아 있었다. 어떤 말들은 아이의 기억 속에 새겨지는데, 아이는 당장은 이해하지 못해도 이십 년 후에는 그 말을 이해하게 된다. 말이란 포송브론에 살 때 조심하라고 들었던 불발탄들과 어느 정도 같은 것이다. 보슈의 풀밭에는 전쟁이 끝나고 오랜 시간이 흐른 뒤에도 여전히 폭발할 위험이 있는 폭탄들이 한두 개 묻혀 있었던 듯하다.

겁내야 할 이유가 하나 더 생긴 셈이었다. 하지만 우리는 조금도 주저하지 않고, 슬며시 이 버려둔 땅으로 들어가 숨바꼭질 놀이를 했다. 엄마가 떠나면서 잊어버리고 간 물건을 찾아오느라 프레데리크가 아파트에 가고 없을 때였다.

우리는 겨울이면 사람들이 스케이트를 타러 오는 작은 호숫가에 도착했다. 아름다운 황혼. 나무들이 파란색과 장밋빛이 감도는 하늘을 배경으로 뚜렷하게 모습을 드러냈다.

"개를 기르고 싶은 게로구나."

아이는 내가 자신의 비밀을 폭로하기라도 한 것처럼 기분 나빠했다.

아이는 뾰로통해져서 미간을 찌푸린 뒤 입술을 꼭 다물었다. 그러더니 갑자기 내게 말했다.

"어른들이 개를 기르고 싶어하지 않는 걸요."

"내가 말해볼게. 결국엔 이해하실 거야."

아이는 나를 보고 미소를 지었다. 나를 신뢰하는 것 같았다. 아이는 내가 베라와 미셸 발라디에를 설득할 수 있으리라 믿고 있었다. 하지만 나는 거의 환상을 갖고 있지 않았다. 그 둘 또한 보슈만큼이나 완고한 인간들이었다. 나는 처음부터 그것을 느꼈다. 베라에게서는 금방 그 성향이 드러났다. 그녀는 가명을 쓰고 있었다. 내 생각엔 미셸 발라디에 역시 그 남자의 본명일 것 같지 않았다. 그는 이미 여러 이름을 사용한 것이 틀림없었다. 게다가 그의 명함엔 지금 살고 있는 집 주소가 아닌 다른 주소가 적혀 있었다. 나는 그가 아내보다 더 교활하고 위험하지 않을까 생각했다.

이제는 돌아가야 했다. 나는 아이에게 헛된 약속을 한 걸 후회하고 있었다. 우리는 공원 쪽으로 다시 나가기 위해 승마로를 따라 걷고 있었다. 나는 베라와 미셸 발라디에가 절대 양보하지 않을 거라고 확신했다.

문을 열어준 사람은 아이 아버지였다. 하지만 그는 우리에게 한마디 말도 없이 곧장 1층 서재로 들어갔다. 말소리가 격렬하게 터져나오고 있었다. 발라디에 부인—베라—이 울부짖고 있었지만, 무슨 말을 하는지는 알아들을 수 없었다. 두 사람의 목소리가 뒤섞였고, 각자 자신의 목소리로 상대방의 목소리를 누르려 하고 있었다. 아이는 눈을 커다랗게 뜨고 있었다. 겁을 내고 있었지만, 나는 아이가 이러한 공포에 익숙하다는 것을 짐작했다. 아이는 꼼짝 않고 현관에 굳은 듯 서 있었다. 아이를 다른 곳으로 데려갔어야 했던 것 같다. 하지만 어디로? 잠시 후 발라디에 부인이 침착한 태도로 서재에서 나와 우리에게 물었다.

"두 사람 산책 잘 했어요?"

그녀는 다시 옛날 미국 영화에서 유연하게 움직이는 차갑고 신비로운 금발 여인처럼 보였다. 잠시 후 발라디에 씨가 나왔다. 그 또한 아주 침착했다. 그는 우아한 검은 정장을 걸치고 있었는데, 한쪽 뺨에 손톱자국이 분명한 기다란 흔적들이 보였다. 베라 발라디에의 것인가? 그녀는 손톱을 아주 길게 기르고 있었다. 그들은 문틀을 배경으로 나란히 서 있었다. 증거가 없어 오랫동안 처벌을 피해다닌 암살범들처럼, 그들의 얼굴에는 윤기가 흐르고 있었다. 수배용 사진이 아니라 손님들이 당도하는 대로 연회장 입구에서 찍는 사진을 위하여 포즈를 취하는 듯한 모습이었다.

"개에 대해서는 설명 들었지?"

베라 발라디에가 두에 가에서 쓰는 말투와는 다른 무심한 어조로 물었다. 그녀는 내게 그 거리에서 태어났다고 말했었다. 그때는 이름도 지금과는 달랐다고 한다.

"개들이 아주 착하기는 해…… 하지만 아주 더럽단다."

미셸 발라디에가 아내와 똑같은 말투로 덧붙였다.

"엄마 말씀이 맞아…… 집에서 개를 기르는 것은 정말 좋지 않은 일이야……"

"나중에 크면 네가 원하는 대로 개를 키울 수 있어…… 하지만 지금은 안 돼. 여기서는 안 돼."

베라 발라디에의 목소리는 바뀌어 있었다. 일종의 씁쓸함이 묻어나는 목소리였다. 아마도 곧 다가올 시간 — 세월은 너무나 빨리 흐른다 —, 아이는 어른이 되고 그녀는 노란 외투를 입고 지하철역 통로에서 영원히 떠돌게 될 그 시간을 생각했을 것이다.

아이는 아무 대답도 하지 않았다. 그저 눈을 크게 뜰 뿐이었다.

"개한테서 병이 옮을 수도 있어. 너도 알지……"

발라디에 씨가 말했다.

"그리고 개들은 물기도 한단다."

이제 그는 눈길을 피하며 묘한 태도로 말하고 있었는데, 그 모습이 멀리서 경찰이 도착하는 것을 본 무허가 행상 같았다.

나는 가까스로 입을 다물고 있었다. 기꺼이 아이 편을 들어줄 수도 있었겠지만, 대화가 험악해지고 그로 인해 아이가 겁에 질리게 될 위험을 무릅쓰고 싶지는 않았다. 하지만 나는 미셸 발라디에의 눈을 똑바로 쳐다보고 한마디 하지 않을 수 없었다.

"상처가 나셨나봐요?"

그리고 그의 뺨에 길게 할퀸 자국이 난 부위를 가리켜 보이는 대신 내 뺨에 손가락을 갖다대었다. 그는 더듬거렸다.

"아닌데요…… 왜 그러죠?"

"소독하셔야겠어요…… 개한테 물린 자국 같네요…… 공수병에 걸릴 수도 있어요."

이번에 그는 한방 먹은 표정이었다. 베라 발라디에 역시 그랬다. 그들은 나를 불신감 가득한 표정으로 찬찬히 바라보았다. 노골적인 샹들리에 불빛 아래서 그들은 이제 막 일제 검거되어 당황해하는 용의자 부부에 불과했다.

"우리 늦겠어요."

그녀가 남편 쪽으로 몸을 돌리며 말했다.

그녀는 냉정을 되찾은 상태였다. 미셸 발라디에는 손목시계를 들여다보더니, 똑같이 꾸민 듯한 태연한 목소리로 말했다.

"그렇군. 출발해야겠어……"

그녀가 아이에게 말했다.

"냉장고에 햄이 있으니까 찾아 먹어라. 오늘 저녁에는 늦게 돌아올 거야……"

아이는 내게 바짝 다가서더니, 내 손을 잡았다. 그러고는 어둠 속에서 인도해주기를 바라는 사람처럼 내 손을 꼭 쥐었다.

"가시는 게 좋겠어요."

베라 발라디에가 내게 말했다.

"애가 혼자 지내는 데 익숙해져야 하니까요."

그녀는 딸의 손을 잡더니 자기 쪽으로 끌어당겼다.

"선생님은 이제 떠날 거야. 저녁 먹고 자거라."

아이는 다시 두 눈을 크게 뜨고 나를 바라보았다. 그 두 눈은 이제 더이상 그 어떤 것에도 놀라지 않을 것 같았다. 미셸 발라디에가 앞으로 걸어나왔다. 아이는 이제 부모 사이에서 꼼짝도 못 하고 가만히 서 있었다.

"내일 보자."

나는 아이에게 말했다.

"선생님, 내일 만나요."

하지만 아이는 그렇게 믿는 것 같지 않았다.

*

밖으로 나선 나는 공원을 따라 난 작은 길가에 놓인 벤치에 앉았다. 내가 거기서 무엇을 기다리고 있는지는 나도 몰랐다. 잠시 후, 발라디에 부부가 집에서 나오는 것이 보였다. 여자는 모피 외투를 걸치고 있었고, 남자는 감색 외투 차림이었다. 그들은 서로 얼마간 떨어져 걸어갔다. 검은 승용차가 주차되어 있는 곳에 도착하자 여자는 뒷좌석에 올라탔고, 남자는 운전사처럼 운전석에 앉았다. 차는 마드리드 대로를 향해 사라졌다. 나는 이 사람들에 대해서 아무것도, 그들의 진짜 이름도 진짜 성도, 왜 때때로 발라디에 부인의 시선에 불안한 표정이 스쳐가는지, 왜 명함에 자신의 주소가 아닌 다른 주소를 써넣었는지, 왜 발라디에 씨의 서재에는 의자가 없는지 영원히 알 수 없으리라 생각했다. 아이는? 아이는 적어도 이해할 수 없는 존재는 아니었다. 나는 아이가 무엇을 느낄지 짐작하고 있었다. 어릴 적 나도 그애와 거의 비슷했으니까.

3층에 있는 아이의 방에 불이 켜졌다. 아이와 동무해주러 가고 싶은 유혹을 느꼈다. 창가에 아이의 그림자가 어른거린 것 같았다. 하지만 나는 초인종을 누르지 않았다. 그 시절 나는 너무 상태가 좋지 않아서 누군가를 도와줄 엄두조차 낼 수 없었다. 개 이야기 때문에 어린 시절 겪은 일 하나가 생각났다.

나는 포르트 마요까지 걸었다. 불로뉴 숲을 벗어나자 마음이 가벼워졌다. 낮에 아이와 함께 파티뇌르 호숫가에 있을 때만 해도 괜찮았는데, 어둠이 내리자 공허감이 느껴졌다. 쿠스투 가의 '르 네앙' 입구 앞을 지나갈 때면 나를 사로잡던 현기증보다 훨씬 더 끔찍했다.

내 오른쪽으로 불로뉴 숲이 시작되고 있었다. 11월의 어느 날 밤 개 한 마리가 이 숲에서 길을 잃은 그 사건은 내 삶이 끝날 때까지, 가장 예기치 못한 순간에 나를 괴롭힐 것이다. 불면의 밤과 고독의 나날에도, 여름날에도. 개에 관한 이런 이야기들이 위험하다는 것을 아이에게 설명했어야 했는데.

학교 운동장에 들어가 벤치에 앉아 있는 아이를 보았을 때, 나는 또다른 학교 운동장을 떠올렸다. 나는 아이와 같은 나이였고, 그 학교 운동장에도 나보다 나이가 많은 기숙생들이 있었다. 우리를 돌보아준 것은 그 소녀들이었다. 매일 아침 그녀들은 우리가 옷 입는 것을 도와주었고, 저녁에는 씻는 것을 도와주었다. 우리 옷을 수선해주기도 했다. 나를 돌보아주던 소녀는 나처럼 이름이 테레즈였다. 팔에 문신을 한, 파란 눈의 갈색머리 소녀였다. 내 기억으로 그녀는 그 약사와 조금 닮았던 것도 같다. 다른 기숙생들, 심지어 수녀들도 그녀를 두려워했지만 그녀는 내게 늘 친절했다. 테레즈는 식품 저장고에서 카카오가 잔뜩 들어간 초콜릿을 훔쳐내 저녁이면 내 침실로 갖다주었다. 낮에는 가끔 예배당 근처의 작업실로 나를 데려가기도 했다. 그곳에서는 상급생들이 다림질을 배우고 있었다.

어느 날 엄마가 나를 데리러 왔다. 엄마는 나를 자동차에 태웠다. 나는 엄마 옆, 앞좌석에 앉았다. 엄마는 내가 이 기숙사로 다시 돌아가는 일은 없을 거라고 말했던 것 같다. 뒷좌석에는 개가 한 마리 있었다. 자동차는 얼마 전 내가 소형 트럭에 치였던 장소 근처에 주차되어 있었다. 그 기숙학교는 리옹 역에서 그다지 멀지 않은 곳에 있었던 것 같다. 장 보랑이 기숙학교 정문에서 나를 기다리던 일요일마다 그와 함께 그의 차고까지 걸어갔던 것도 기억난다. 엄마가 나를 개와 함께 자동차로 데려갔던 날, 우리는 리옹 역 앞을 지나갔다. 그 시절 파리의 거리는 한산했고, 자동차를 타고 있는 것은 우리뿐인 것 같았다.

바로 그 날, 나는 처음으로 엄마와 함께 불로뉴 숲 근처의 커다란 아파트로 갔고, 엄마는 내게 '내 방'을 보여주었다. 그전엔 장 보랑이 어쩌다가 나를 엄마에게 데리고 갈 때면 에투알 광장까지 전철을 타고 갔다. 엄마는 아직 호텔에 살고 있었다. 엄마가 묵고 있는 방은 쿠스투 가의 내 방보다도 작았다. 나는 금속제 비스킷 상자 안에서 그 호텔 주소와 엄마의 본명이 적혀 있는 전보를 찾아냈다. 쉬잔 쇼비에르, 아르마에 가 8번지, 산 레모 호텔. 희미한 기억뿐이나 끈질기게 악몽 속에서 되살아나는 장소들. 그런 장소의 주소를 발견할 때마다 안심이 됐다. 만약 그 정확한 위치를 안다면, 그 건물을 다시 볼 수 있다면 이젠 그것들이 내게 전처럼 해를 끼치는 일은 없을 거라고 확신했다.

개. 검은 개. 처음부터 그 개는 내 방에서 잠을 잤다. 엄마가 그 개를 돌보는 일은 절대 없었다. 이제 와서 생각해보면 엄마는 아이만큼이나 개를 돌볼 재주가 없었던 듯하다. 누군가 엄마에게 개를 선물해준 것이 틀림없었다. 엄마에게 그 개는 너무 빨리 싫증나버린 단순한 액세서리에 지나지 않았다. 나는 아직도 무슨 우연으로 그 개와 나, 우리 둘이 차 안에 함께 있게 되었는지 스스로 묻곤 한다. 큰 아파트에 살게 되고 올가 오도예 백작부인이라고 불리게 되었으니, 엄마는 개 한 마리와 어린 계집아이 하나가 필요했을지도 모른다.

나는 우리가 살던 건물과 인접한 대로를 따라 개를 데리고 산책했다. 길 끝은 포르트 마요였다. 이제는 그 개를 뭐라고 불렀는지도 기억나지 않는다. 엄마는 개에게 이름을 지어주지 않았다. 엄마와 아파트에 살기 시작한 지 얼마 되지 않았을 때의 일이다. 엄마가 아직 생 탕드레 학원에 나를 등록시키지 않았을 때였고, 내가 '작은 보석'이라고 불리기 전이었다. 목요일마다 장 보랑이 함께 하루를 보내기 위해 나를 자신의 차고로 데리고 갔다. 나는 개를 데리고 다녔다. 엄마가 개에게 먹이 주는 것을 잊어버리리라는 것은 이미 알고 있었다. 먹이를 준비하는 것은 나였다. 장 보랑이 나를 데리러 오면, 우리는 몰래 개를 데리고 지하철을 탔다. 리옹 역에서 차고까지는 걸어갔다. 나는 개에게서 목걸이를 벗겨주고 싶었다. 거리에는 차가 한 대도 없어서 차에 치일 염려도 없었다. 하지만 장 보랑은 개 목걸이를 벗기지 말라고 충고했다. 결국, 나 자신이 학교 앞에서 소형 트럭에 크게 치일 뻔했다.

엄마는 나를 생 탕드레 학원에 등록시켰다. 나는 매일 아침 혼자 걸어서 등교했다가 저녁 여섯시경이면 돌아왔다. 애석하게도 개를 데리고 갈 수 없었다. 학원은 아파트 근처 페르골레즈 가에 있었다. 나는 엄마의 수첩 한귀퉁이에 적힌 정확한 주소를 찾아냈다. 페르골레즈 가 58번지, 생 탕드레 학원. 누가 나를 그곳에 보내라고 그녀에게 조언한 걸까? 나는 종일 학원에 가 있었다.

어느 날 저녁 아파트에 돌아와보니 개가 없었다. 나는 엄마가 개를 데리고 외출했나보다 생각했다. 엄마는 내게 개를 산책시키고 먹이를 주겠다고 약속했었다. 저녁 식사를 준비하고 매일 아침 엄마에게 아침 식사를 쟁반에 담아 갖다주는 중국인 요리사에게도 같은 부탁을 했었다. 엄마는 조금 후에 돌아왔다. 그러나 개와 함께는 아니었다. 엄마는 불로뉴 숲에서 개를 잃어버렸다고 말했다. 엄마는 자신이 거짓말하는 게 아니라는 것을 증명하고 싶기라도 한 것처럼 가방 안에 넣어가지고 온 개 목걸이를 내밀어 보였다. 엄마의 목소리는 아주 평온했다. 슬픈 기색이라고는 없었다. 개가 없어진 상황을 자연스럽게 받아들이는 것 같았다. "내일 광고를 내야겠어. 누군가 개를 데려다줄지도 모르지." 그리고 엄마는 방까지 나를 데려다주었다. 하지만 어조가 너무 침착하고 무심해서, 엄마가 다른 생각을 하고 있음을 알 수 있었다. 개 걱정을 하는 것은 나뿐이었다. 개를 데려다준 사람은 없었다. 나는 침실 불 끄기가 겁이 났다. 개와 함께 자게 된 후로 밤에 혼자 있어버릇한 적이 없기 때문이었다. 이제는 기숙학교의 침실에서 잘 때보다 더 힘들었다. 나는 불로뉴 숲 한가운데 어둠 속에서 헤매고 있는 개의 모습을 상상했다. 그날 엄마는 저녁 모임에 갔다. 떠나기 전 엄마가 입고 있던 드레스가 아직도 생각난다. 베일이 달린 파란 드레스. 이 드레스는 오랫동안 내 악몽 속에 출몰했는데, 그 옷을 걸치고 있는 것은 늘 해골이었다.

그날 나는 밤새 불을 밝혀놓았다. 그 뒤로도 매일 밤 불을 끌 수 없었다. 공포가 내게서 떠나지 않았다. 개 다음에는 내 차례일 거라는 생각이 들었다.

별별 희한한 생각들이 뇌리를 스쳐갔다. 그러나 너무 뒤죽박죽이라서 그 생각들의 윤곽이 잡히고 그것들을 구체적인 말로 표현

할 수 있을 때까지 나는 십여 년을 기다려야 했다. 지하철역 통로에서 노란 외투의 여인을 만나기 얼마 전의 어느 날 아침 잠에서 깨어났을 때, 무슨 뜻인지 모를 문장 하나가 입술에서 맴돌았다. 개의 복수를 위해 보슈를 죽여야만 했어. 그 문장들은 기억나지 않는 꿈의 잔해였다.

나는 저녁 일곱시경 쿠스투 가의 내 방으로 돌아왔다. 그곳에서 약사가 돌아오는 수요일까지 기다릴 용기가 나지 않았다. 그녀는 이틀 예정으로 시골로 떠나고 없었다. 그녀는 내가 자신과 이야기를 나누고 싶어질 경우를 대비해서 전화번호를 주고 갔다. 바르 쉬르 오브의 225번.

블랑슈 광장 카페의 지하에서 손님들의 외투를 맡아주는 여자에게 바르 쉬르 오브의 225번으로 전화를 걸어달라고 부탁했다. 하지만 그녀가 수화기를 들려는 순간, 나는 그만두라고 말했다. 갑자기, 더이상 뻔뻔스럽게 약사를 귀찮게 할 수 없다는 생각이 들었다. 나는 코인 하나를 집어들고 전화부스 안으로 들어가서 모로 바드마에브의 전화번호를 돌리고 말았다. 그는 라디오 방송을 듣고 있었지만, 어쨌든 자기 집으로 오라고 했다. 누군가 기꺼이 나와 함께 밤을 보내주려고 한다는 사실에 안심이 되었다. 그러나 나는 몽파르나스 비앵브뉘 역에서 전철을 갈아타는 것이 두려웠다. 그 역의 통로는 샤틀레 역만큼이나 긴데다 자동보도도 없었다. 내게는 택시로 갈 만큼 충분한 돈이 남아 있었다. 나는 물랭루주 앞에서 손님을 기다리며 늘어선 택시들 중 맨 앞에 있는 택시에 올라탔다. 지난밤 약사와 함께 있을 때처럼 마음이 놓였다.

*

라디오의 초록색 불이 들어와 있었고, 모로 바드마에브는 벽에 기대앉은 채 어떤 남자가 금속성 목소리로 말하는 외국어를 서간용 노트에 적어나가고 있었다. 그가 말했다. 속기로 적을 필요가 없어요. 너무 천천히 말해서 그대로 받아 적을 시간이 있거든요. 그날 밤 그는 직업적인 이유가 아닌 개인적 즐거움을 위해 그 일을 하고 있었다. 시를 낭송하는 방송이었다. 먼 곳에서 내보내는 방송이었고, 때때로 남자의 목소리는 지직거리는 소음에 덮였다. 그가 말을 멈추자 하프 연주곡이 들려왔다. 바드마에브는 내게 종이를 내밀었다. 나는 지금까지 그 종이를 소중하게 간직하고 있다.

Mar egy hete csak a mamara
Gondolok mindig, meg-megallva.
Nyikorgo kosarral öleben,
Ment a padlasra, ment serénye n

En meg öszinte ember voltam,
Orditottam toporzékoltam.
Hagyja a dagadt ruhat masra
Emgem vigyen föl a padlasra

그가 그 시를 번역해주었지만, 나는 그게 무슨 뜻이었는지, 어떤 언어로 적혀 있었는지도 잊어버렸다. 잠시 후 그는 라디오 볼륨을 낮추었다. 녹색 불은 계속 들어와 있었다.

"평소와 달라 보이는군요."

그가 나를 너무 주의깊게 바라봐서 약사와 함께 있을 때처럼 마음이 평온해졌다. 그에게 모두 말하고 싶었다. 나는 불로뉴 숲에서 아이와 함께 보낸 오후, 베라와 미셸 발라디에 부부, 그리고 쿠스투 가 내 방으로 돌아간 이야기를 했다. 그리고 십이 년 전쯤 영원히 잃어버린 개에 대한 이야기도. 그는 내게 개가 무슨 색이었냐고 물었다.

"검은색이요."

"그러고 나서 어머니와 다시 그 이야기를 한 적이 있나요?"

"그 시절 이후로 엄마를 다시는 보지 못했어요. 나는 엄마가 모로코에서 돌아가셨다고 믿고 있었어요."

그러자 지하철에서 노란 외투의 여인을 만난 것과 뱅센에 있는 커다란 건물과, '불사조'가 살고 있는 아파트 계단과, 노크할 엄두도 내지 못했던 그 아파트 문에 관해서 그에게 이야기할 수 있을 것 같았다.

"정말이지 난 이상한 어린 시절을 보냈어요……"

이 사람은 서간용 노트에 방송 내용을 받아적으면서 하루 종일 라디오를 듣는다. 그러니 내가 하는 말이나 이야기도 기꺼이 들어줄 수 있을 거야.

"내가 일곱 살이었을 때 사람들은 나를 '작은 보석'이라고 불렀어요."

그는 미소를 지었다. 어린 계집아이를 부르기에는 그런 호칭이 매력적이고 다정하다고 생각하는 모양이었다. 확신하건대, 그 역시 저녁이면 엄마가 뽀뽀해주기 전 귀에 대고 속삭여주던 애칭이 있었겠지. 파토슈. 팽키. 풀루.

"당신이 생각하는 그런 게 아니에요."

나는 그에게 말했다.

"내 경우 그건 예명이었어요."

그는 미간을 찌푸렸다. 이해하지 못하는군. 같은 시기에 엄마 역시 예명을 갖고 있었다. 올가 오도예. 얼마 후 엄마는 가짜 귀족 칭호를 쓰는 걸 그만두었지만, 올가 오도예 백작부인이라고 적혀 있는 작은 구리 문패는 아파트 문에 계속 붙어 있었다.

"예명이라고요?"

나는 맨 처음부터 다 이야기해야 할지 생각해보았다. 엄마의 파리 도착, 발레학교, 쿠스투 가의 호텔, 그 다음에는 아르마이예 가의 호텔, 그리고 내 최초의 추억들. 기숙학교, 작은 트럭과 에테르, 아직 내 이름이 '작은 보석' 이 아니었던 그 시절. 하지만 그에게 내 예명을 털어놓았으니, 엄마와 함께 커다란 아파트에서 살았던 그 시절 이야기만 하는 편이 나았다. 엄마는 불로뉴 숲에서 개 한 마리를 잃어버린 것으로는 만족하지 않았어요. 엄마에게는 보석처럼 사람들에게 보일 수 있는 또다른 것이 필요했고, 그래서 내게 그런 이름을 붙여주었을 거예요.

그는 침묵을 지키고 있었다. 아마 그는 내가 말하기를 주저하고 있거나, 실마리를 놓쳤다고 생각하는 것 같았다. 그를 쳐다볼 수가 없었다. 나는 라디오 한가운데서 빛나는 초록색 불빛을, 내 기분을 가라앉혀주는 초록색 야광 불빛을 물끄러미 바라보았다.

"사진들을 보여줘야 하는데…… 그러면 이해할 텐데……"

나는 그에게 같은 날 찍은 두 장의 사진, 그 두 장의 포스터를 묘사하려고 애썼다. 그때까지 배우 일을 해본 적이 없었던 엄마가 배역을 맡게 된 영화에 필요해서 찍은 '올가 오도예와 작은 보석'의 사진이었다. 어떤 이유로 배역을 맡게 되었을까? 그리고 누가 배역을 준 것일까? 엄마는 내가 영화에서 딸 역을 맡기를 원했다. 엄마는 주연이 아니었지만, 내가 자기 곁에 있기를 고집했다. 나는 개 대신인 셈이었다. 그게 얼마나 갔던가?

"그런데 그 영화, 제목이 뭐였죠?"

"사수들의 교차로."

나는 망설이지 않고 대답했다. 그 제목은 어렸을 때 외었던, 의미를 전혀 이해하지 못한 채 처음부터 끝까지 줄줄 외는 기도나 노래 가사 같은 것이었다.

"영화 촬영에 관해 기억나는 것 있어요?"

아침 일찍 커다란 창고 같은 곳으로 가야 했다. 장 보랑이 그곳으로 나를 데려다주었다. 오후에 일을 다 끝내고 돌아가도 될 때, 그는 그곳에서 아주 가까운 뷔트 쇼몽 공원으로 나를 데리고 갔다. 아주 더운 여름이었다. 나는 내 몫의 연기를 했고, 다시 창고로 돌아가지 않아도 됐다. 그들은 내게 침대에 누워 있다가 일어나서 "무서워요"라고 말하라고 시켰다. 간단한 일이었다. 하루는 그들이 나에게 침대에 엎드려 그림책을 뒤적이고 있으라고 주문했다. 잠시 후 엄마가 방으로 들어왔는데, 얇은 파란색 드레스를 입고 있었다. 개를 잃어버린 저녁, 아파트에서 나갈 때 입고 있던 바로 그 드레스였다. 엄마는 침대에 앉아 커다란 눈으로 나를 바라보았다. 그러고 나서 내 뺨을 쓰다듬고는 내게 키스하기 위해 몸을 숙였는데, 몇 번이나 그 장면을 되풀이해 연기했던 기억이 난다. 평소에 엄마는 그런 다정한 행동을 하는 법이 없었다.

그는 내 말을 주의깊게 들었다. 그리고 서간용 노트에 뭔가를 적었다. 나는 그에게 뭘 적느냐고 물어보았다.

"영화 제목이요. 그걸 다시 보면 이상할 느낌이 들 거예요. 그렇지 않겠어요?"

지난 십이 년 동안 그 영화를 다시 봐야겠다는 생각이 스친 적조차 없었다. 내게 그 영화는 존재하지 않는 거나 마찬가지였다. 나는 그 영화에 대해서 아무에게도 얘기한 적이 없었다.

"그 영화를 다시 볼 수 있을까요?"

"필름 보관소에서 일하는 친구에게 부탁해보려고요."

그 말을 듣자 와락 겁이 났다. 나는 자신이 저지른 짓을 잊어버린 범죄자와 마찬가지였는데, 그 증거가 남아 있는 것이다. 그 범죄자는 이제 다른 신분으로 살고 있고, 겉모습이 너무 많이 변해서 아무도 그녀를 알아볼 수 없다. 만약 누군가 내게 "한때 '작은 보석' 이었죠?"라고 물었다면 나는 아니라고 대답했을 것이다. 거짓말을 했다는 느낌조차 들지 않았을 것이다. 엄마가 나를 오스테를리츠 역까지 데려다주고 목에 '테레즈 쇼비에르, 포송브론 라 포레 브레오 가, 샤티용 부인 댁' 이라는 이름표를 걸어주었던 7월의 어느 날, 나는 이제 '작은 보석' 이라는 이름은 잊어버리는 편이 낫다는 것을 깨달았다. 엄마는 아무와도 얘기하지 말고, 파리 어디에서 살았는지도 말하지 말라고 신신당부했다. 너는 포송브론 라 포레의 브레오 가에 사는 가족 곁으로 방학을 보내러 돌아가는 기숙생인 거야. 기차가 출발했다. 승객이 많았다. 나는 통로에 서 있었다. 다행히도 나는 이름표를 걸고 있었다. 그러지 않았더라면 그 많은 사람들 속에서 길을 잃었을 것이다. 내 이름조차 잊어버렸겠지.

"별로 그 영화를 다시 보고 싶지 않아요."

나는 반대했다.

어느 날 아침, 블랑슈 카페에서 옆 테이블에 앉아 있던 여자가 하는 말을 듣고 크게 놀란 적이 있었다. '벽장 속의 시체' 라는 표현 때문이었다. 나는 모로 바드마에브에게 영화 필름도 낡는지, 시간과 더불어 시체처럼 분해되는지 묻고 싶었다. 만약 그렇다면, 올가 오도예와 '작은 보석' 의 얼굴은 곰팡이가 파먹어들어갔을 것이고 더이상 그들의 목소리를 들을 수 없을 것이다.

*

그는 내가 아주 창백하다고 말하더니 가까운 곳으로 가서 함께 저녁을 먹자고 제안했다.

우리는 주르당 대로의 왼쪽 보도를 따라 걷다가 커다란 카페로 들어갔다. 그는 유리로 막아놓은 테라스에 놓인 테이블을 골랐다.

"봐요, 우리는 대학촌 바로 맞은편에 있어요."

그리고 내게 대로 맞은편에 있는, 성을 닮은 건물을 가리켜보였다.

"대학촌 학생들이 이곳에 오죠. 그들이 온갖 언어로 말하기 때문에 사람들은 이 카페를 '르 바벨' 이라고 불렀어요."

나는 주위를 둘러보았다. 늦은 시간이라 이제는 손님이 많지 않았다.

"종종 이곳에 와서 사람들이 자기네 언어로 말하는 것을 들어요. 내게는 좋은 연습이 되니까. 심지어 이란 학생들도 있어요. 하지만 애석하게도 초원지역의 페르시아어로 말하는 사람은 없어요."

식사가 제공되는 시간이 아니어서, 그는 샌드위치 두 개를 주문했다.

"뭐 마실래요?"

"얼음 넣지 않은 위스키요."

지난밤 퓌제 가에 있는 '르 캉테르' 카페로 담배를 사러 갔던 때가 이 시간쯤이었다. 나는 카페에 있던 손님이 시켜줘서 마신 위스키 한 잔에 얼마나 기분이 나아졌는지를 떠올렸다. 편히 숨 쉴 수 있었고, 고뇌는 호흡을 끊어놓던 그 무게와 더불어 녹아내렸다. 어렸을 때 들이마신 에테르 가스만큼이나 좋았다.

"공부를 많이 하셨을 테죠, 당신은……"

말하고 나자 내 목소리에 약간의 부러움과 씁쓸함이 배어 있을까봐 걱정이 되었다.

"대학입학 자격시험을 보고 동양어 대학에 들어갔을 뿐인데요 뭐……"

"저도 동양어 대학에 입학할 수 있을까요?"

"물론이죠."

그렇다면 약사에게 완전히 거짓말을 한 것은 아닌 셈이었다.

"대학입학 자격시험은 통과했겠죠?"

우선은 그렇다고 대답하고 싶었지만, 그에게 모든 걸 털어놓은 지금 또다시 거짓말을 한다는 것은 너무나 어리석었다.

"아니예요, 애석하게도."

내가 너무 창피해하며 낙심한 표정을 지었는지 그는 어깨를 으쓱하더니 말했다.

"알겠지만 그런 건 아무것도 아니에요. 대학입학 자격을 따지 않은 사람들 중에서도 뛰어난 사람들은 얼마든지 있어요."

나는 내가 거쳤던 학교들을 기억해보려고 애썼다. 우선, 다섯 살부터 다녔고 상급생들이 우리를 돌보아주었던 기숙학교. 이 모든 세월이 지난 지금 테레즈는 어떻게 되었을까? 내가 테레즈에게서 알아볼 수 있을 만한 것이 적어도 하나 있었다. 내게 불가사리라고 가르쳐준 어깨 위의 문신이었다. 그리고 커다란 아파트에서 다시 엄마와 함께 살게 되었던 시절의 생 탕드레 학원. 하지만 얼마 후 엄마는 내게 '작은 보석'이라는 예명을 지어주더니 〈사수들의 교차로〉에 함께 출연하기를 원했다. 나는 더이상 생 탕드레 학원에 가지 않았다. 짧은 기간 나를 돌보아주었던 젊은 남자도 기억났다. 엄마는 나를 발라디에 씨 집에 보낸 텔로르 직업소개소의 적갈색머리 남자 덕분에 그 젊은이를 찾아낸 건지도 모른다. 파리에 눈이 많이 내린 어느 겨울날, 그가 썰매를 태워준다고 나를 트로카데로 공원으로 데리고 간 적도 있었다.

"배고프지 않아요?"

나는 막 위스키 한 모금을 마신 참이었다. 그는 나를 걱정스럽게 바라보았다. 나는 샌드위치를 건드리지도 않고 있었다.

"좀 먹어요……"

나는 억지로 한 입 먹었지만, 정말이지 삼키기가 힘들었다. 다시 위스키 한 모금을 마셨다. 나는 알코올에 익숙하지 않았다. 위스키는 썼지만, 효과를 발휘하기 시작했다.

"이런 걸 자주 마시나요?"

"아니요, 자주는 아니에요. 오늘 저녁에만. 이야기할 용기를 내기 위해서……"

그에게 금속 상자 맨 밑바닥에 정리해둔 〈사수들의 교차로〉 스틸사진을 보여줘야겠다. 나는 그 사진들을 보길 피해왔다. 잠옷 차림으로 눈을 커다랗게 뜨고 한 손에는 손전등을 들고 서 있다가, 성의 복도를 걷는 모습이었다. 천둥 소리 때문에 내 방에서 나온 것이다.

"이해할 수 없는 것이 하나 있어요. 왜 당신을 내버려두고 어머니 혼자 모로코로 가셨죠?"

이제껏 당신 혼자 스스로 해오던 질문을 다른 사람이 당신에게 하는 것을 듣다니 얼마나 이상한 일인가…… 포송브론 집에 살 때, 프레데리크가 친구들과 나누는 대화의 단편들을 듣게 되는 일이 종종 있었다. 그녀들은 내가 듣고 있지 않거나 너무 어려서 이해할 수 없다고 생각했다. 몇 가지 말들, 특히 아주 오래 전부터 엄마를 알았고 엄마를 좋아하지 않았던 그 갈색머리 여자가 한 말은 내 기억에 새겨진 채 남았다. 어느 날 그녀가 말했다. "다행히 올가는 제때에 파리를 떠났어……" 그때 난 열세 살이었을 것이다. 그 말은 내게 불가해하게 여겨졌지만, 감히 프레데리크에게 설명해달라고 하지는 못했다. 나는 그에게 말했다.

"나도 정확히는 몰라요. 내 생각에 엄마는 아마 누군가와 함께 떠났을 거예요."

그래, 어떤 남자가 엄마를 그곳으로 데려갔든가 아니면 그곳에서 자기와 다시 만나자고 엄마에게 요구했을 것이다. 장 보랑이었을까? 그 사람일 것 같진 않다. 그라면 내게 함께 여행을 가자고 제안했을 것이다. 어느 날 저녁 프레데리크가 없는 사이에 그 여자들은 또 엄마 얘기를 했다. 갈색머리 여자가 말했다. "올가는 이상한 남자들과 사귀었어." 그 남자들 중 하나가 — 그 여자의 말이었다 — "올가가 영화를 찍는 데" 돈을 댔다. 나는 〈사수들의 교차로〉 이야기라는 것을 알아챘다.

어느 여름날 오후 나는 프레데리크와 함께 숲을 산책했다. 브레오 가를 똑바로 따라갔더니 숲을 향해 길이 나 있었다. 나는 그녀에게, 왜 그때 엄마가 그 커다란 아파트에서 지냈는지 물었다. 네 엄마는 누군가를 만났는데, 그 남자가 그곳에 살게 한 거야. 하지만 그 남자 이름은 아무도 몰랐단다. 아마도 엄마를 모로코로 데려간 사람은 그 남자였을 것이다. 훗날 나는 밤에 가방을 잔뜩 들고 서 있는 얼굴 없는 남자를 상상했다. 호텔 홀에서, 플랫폼에서 만나는 장면들. 언제나 푸르스름한 야등 불빛 아래서였다. 장 보랑의 차고에서처럼, 리옹 역 근처의 텅 빈 차고들에서 짐을 싣고 있는 트럭들. 그리고 낙엽 냄새와 썩어가는 냄새, 엄마가 개를 잃어버린 저녁 불로뉴 숲에서 맡은 그 냄새.

*

밤이 늦었던 모양이다. 종업원이 카페 문을 닫을 시간이라고 알리러 왔다.

"집에 들렀다 갈래요?"

모로 바드마에브가 내게 물었다.

아마도 그는 내 생각을 눈치챈 것 같았다. 그날 밤 포르트 도를레앙에서 다시 혼자가 되겠구나 하는 생각만으로도 숨막히는 그 무게가 다시 느껴졌다.

그의 아파트에서 그는 내게 뭔가 따뜻한 것을 마시라고 권했다. 나는 그가 찬장을 여닫고 물 끓이는 소리를 들었다. 긴 손잡이가 달린 냄비를 달그락거리는 소리. 잠깐 침대에 몸을 누이면 훨씬 나을 것 같았다. 삼각대 위의 전구에서 따뜻해 보이는 부연 빛이 퍼져나오고 있었다. 라디오를 켜서 녹색 불빛을 보고 싶었다. 베개—내게 익숙한 쿠스투 가 내 방에 있는 베개보다 훨씬 더 푹신한—를 베고 누웠더니 금속제 코르셋이나 가슴을 조이고 있던 깁스에서 풀려난 느낌이었다. 파리에서 멀리 떨어진 미디나 로마에서 덧창 창살 사이로 들어오는 햇빛을 받으며 하루 종일 이렇게 있고 싶었다…… 그가 쟁반을 들고 방으로 들어왔다. 나는 몸을 일으켰다. 어색했다. 그가 말했다. "아니, 아니에요. 그대로 있어요." 그러고는 침대 발치 바닥에 쟁반을 내려놓았다.

그는 내게 찻잔을 갖다주었다. 그리고 내 뒤쪽에 있는 베개를 가져다 벽에 세우더니 등을 기대고 앉도록 해주었다.

"외투를 벗어야겠어요."

나는 외투를 입고 있다는 것조차 깨닫지 못하고 있었다. 신발을 신고 있다는 것도. 나는 내 옆 바닥에 찻잔을 내려놓았다. 그는 내가 외투와 신발을 벗도록 도와주었다. 그가 신발을 잡아당겼을 때, 마치 그가 내 발목에서 도형수나 사형수들이 발목에 차고 다니는 쇠고랑을 벗겨주기라도 한 것처럼 커다란 안도감이 느껴졌다. 내가 주물러주어야 했던 엄마의 발목이 생각났다. 그 발목 때문에 엄마는 무용을 포기했다. 엄마 인생의 실패와 불행은 그 발목에 집중되어 있었고, 급기야 그것은 폐부를 찌르는 고통처럼 온몸으로 퍼져나가고 말았다. 이제 나는 엄마를 더 깊이 이해하게 되었다. 다시, 그가 내게 잔을 내밀었다.

"재스민 차예요. 마음에 들었으면 좋겠군요."

그가 부드럽게, 작은 목소리로 말하는 것을 보니 내 안색이 굉장히 나쁜 모양이었다. 그에게 내가 아파 보이냐고 물으려다가 그만두기로 했다. 모르는 편이 더 나았다.

"어린 시절의 기억에 심하게 사로잡히는 것 같아요."

그가 내게 말했다.

지하철에서 노란 외투의 여자를 본 그날 저녁부터 계속 그랬다. 전에는 그런 생각은 거의 하지 않았다.

나는 차를 한 모금 넘겼다. 위스키보다는 덜 썼다.

그는 서간용 노트를 펼쳐놓고 있었다.

"날 믿어도 좋아요. 나는 모든 것을, 외국어까지 이해하는 일에 익숙해 있고, 당신이 쓰는 말이 내게 전혀 낯설지 않거든요."

그는 내게 이렇게 말해놓고 감정이 흔들린 듯했다. 나 역시 약간 그랬다.

"내가 제대로 이해한 거라면, 그 커다란 아파트를 어머니에게 빌려준 사람이 누군지 전혀 알 수 없었다는 거지요……"

플러시 천이 깔려 있고 연단처럼 보이는 계단이 놓여 있는 거실 벽에 벽장이 하나 있던 걸로 기억한다. 엄마는 벽장문을 열고 지폐 다발을 꺼냈다. 장 보랑이 나를 돌봐주러 온 어느 목요일 엄마가 그에게 지폐 한 다발을 주는 것을 본 적도 있었다. 확실히 그 보물은 마지막까지, 엄마가 나를 오스테를리츠 역에 데려다준 그날까지 바닥을 보이지 않았다. 그리고 그날 내가 기차에 올라타기 전 엄마는 내 가방에 지폐 다발이 들어 있는 봉투를 넣어주었다. "프레데리크가 널 돌봐주도록 갖다주렴……" 훗날, 엄마가 그 돈들을 어디서 끌어 썼을까 하는 의문이 들었다. 엄마에게 아파트를 구해준 그 남자에게서 받은 것일까? 이름을 알 수 없었던 그 남자? 얼굴도 알 수 없었던. 아무리 기억을 헤집어보아도 소용없었다. 나는 정기적으로 아파트로 찾아오는 남자를 본 적이 없었다. 그 사람이 장 보랑일 가능성은 없었다. 엄마는 그에게 돈을 주는 입장이었다. 결국 그 남자는 내 아버지일 수도 있었다. 하지만 모습을 드러내지 않고 미지의 아버지로 남기를 원한 것이다. 아마도 그는 아주 늦게, 내가 잠든 새벽 세시쯤 왔을 것이다. 종종 한밤중에 잠이 깼는데, 그때마다 어떤 목소리가 단편적으로 들려왔던 것 같다. 내 방은 엄마 방과 아주 가까웠다. 열두 해가 흐른 지금, 아르마에 가 호텔 방에서 나와 아파트에서 보내게 된 첫날 밤 엄마가 무슨 생각을 했을지 궁금했다. 인생에 복수한다는 감정? 수석 발레리나가 될 수 없게 된 엄마는 영리한 개 한 마리를 끌고 다니듯 나를 데리고 다니면서 새로운 신분으로 영화에 출연하고 싶어했다. 그리고 포송브론에서 오간 대화를 들으며 이해한 바로는, 그녀에게 영화 촬영비를 대준 사람은 이름을 알 수 없는 그 남자였다.

"괜찮죠?"

그는 일어서더니 라디오 위로 몸을 숙였다. 그가 버튼을 돌리자 녹색 불이 켜졌다.

"오늘 밤에 프로그램을 하나 들어야 하거든요…… 일로…… 그런데 몇 시에 시작하는지 잘 모르겠네……"

그는 수신이 어려운 채널을 잡는 것처럼 천천히 버튼을 돌렸다. 누군가 후음(喉音)이 많이 섞인 언어로 말하고 있었고, 한 문장이 끝날 때마다 긴 침묵이 이어졌다.

"자…… 이거로군……"

문장들이 이어졌고, 그는 서간용 노트 위에 그 문장들을 적어나갔다.

"심야 프로그램들을 소개하고 있어요…… 내게 흥미 있는 프로그램은 곧 방송이 되지 않는군요……"

그 초록색 불빛을 보니 만족스러웠다. 왜 그런지는 모르겠지만, 그 불빛은 아이들 방 복도에 켜놓은 램프처럼 나를 안심시켜주었다. 아이들이 한밤중에 깨더라도, 열린 문틈으로 빛이 새어들어올 것이다……

"라디오를 켜두면 방해가 될까요? 혹시라도 방송을 놓치게 될까봐 그래요……"

이제는 지난밤에 약사와 함께 쿠스투 가의 내 방에 있을 때 들려오던 것과 비슷한 음악이 흘러나오고 있었다. 밤에 텅 빈 광장을 가로지르는 몽유병자의 걸음걸이, 혹은 11월 바닷가 산책로에 불어오는 바람을 연상시키는 투명한 음악이었다.

"기분을 거스르지 않나요? 이 배경음악이?"

"아니에요."

혼자서 그 음악을 들었다면 아주 우울하게 들렸을 테지만, 그와 함께 있으니 괜찮았다. 오히려 그 음악은 내게 위안을 주고 있었다.

"그런데 그 넓은 아파트의 주소를 아직 기억하나요?"

엄마의 수첩 겉표지 위에 '분실시 수첩 반환은' 이라는 문구 다음에 '올가 오도예 백작부인, 오퇴이 15 28번' 이라고 써놓은 엄마의 커다란 글씨체를 본 적이 있었다.

"전화번호까지 기억하는데요."

나는 대답했다.

나는 카페 공중전화 부스에서 자주 그 번호로 전화를 걸었다…… 한 손님은 내가 "129번지 아이"라고 말했지…… 오후가 끝나갈 무렵, 생 탕드레 학원에서 돌아왔는데 문을 열어주는 사람이 아무도 없었다. 엄마도, 중국인 요리사도, 그의 아내도 없었다. 중국인 요리사는 일곱시경에는 돌아올 테지만, 올가 오도예 백작부인은 아마 내일까지 집에 없을 것이다. 그때마다 나는 스스로를 안심시키기 위해 엄마가 초인종 소리를 듣지 못했을 거라고 혼잣말을 했다. 전화벨 소리는 확실히 들을 거야. 오퇴이 15 28.

"지금도 그 번호로 전화를 걸어볼 수 있어요."

모로 바드마에브가 웃으면서 말했다.

열두 해 동안 그런 생각이 내 머릿속을 스쳐간 적은 한 번도 없었다. 포송브론에 있을 때, 엄마가 놓고 간 물건들을 찾으러 말라코프 대로에 간 적이 있다는 프레데리크의 말을 듣고는 무슨 물건을 가져왔을까 궁금했다. 톨라 순구로프의 초상화였을까? 하지만 그녀는 그 집에 들어갈 수 없었다고 설명했다. 아파트 문이 '봉인' 되어 있더라. 그래, 문에 붙여놓는 빨간 밀랍 봉인 말이야. 그날 밤 꿈에서 나는 엄마 어깨 위에 찍힌 낙인을 보았다.

"오퇴이 15 28이라고 했나요?"

그는 침대맡 탁자 발치에 놓여 있던 전화기를 들어서 침대 위에 올려놓았다. 그러고는 내게 수화기를 내밀더니 다이얼을 돌렸다. 그 아파트에 살던 시절에는 카페 공중전화 부스에 설치된 전화기 다이얼의 숫자와 글자들을 읽는 게 힘들었다.

신호음이 오랫동안 이어졌다. 기이하게도 가냘프고 억눌린 소리였다. 지금 그 아파트에는 누가 살고 있을까? 진짜 주인들이겠지, 아마도. 진짜 아이들—부엌에서 본 표찰 위에 적혀 있던 대로—이 이 년 동안 내가 몰래 차지했던 방을 되찾았겠지. 그리고 엄마가 잠자던 방은 진짜 부모가 사용하고 있을 거야.

"아무도 안 받는 모양이네요."

모로 바드마에브가 말했다.

나는 수화기를 귀에 대고 있었다. 마침내 누군가 수화기를 들긴 했지만, 아무 대답이 없었다. 가까이서, 멀리서 들려오는 남녀의 목소리들. 그들은 서로 부르고 대답하려고 더듬더듬 애쓰고 있었다. 때때로 나는 대화를 나누고 있는 두 사람의 목소리를 분명하게 가려냈지만, 다른 사람들의 목소리는 그들의 목소리에 묻혀버렸다.

"이제 이 번호에는 주인이 없어요. 그러니까, 사람들이 서로 사귀고 약속을 잡는 데 사용하는 번호인 거죠. '교신망' 이라고들 하는 거예요."

이 모든 미지의 목소리, 어쩌면 그건 엄마의 수첩에는 올라 있지만 더이상 통화가 되지 않는 사람들의 목소리인지도 몰랐다. 어떤 살랑거리는 소리가, 여름에 말라코프 대로에서 나뭇잎들 사이로 불어오던 그 바람 소리가 들려왔다. 우리가 떠난 후로 그 아파트엔 유령들, 그리고 이 목소리들 말고는 아무도 살지 않을 거라는 생각이 들었다. 봉인은 제거되지 않고 남아 있었다. 창문들은 활짝 열려 있었다. 바람 소리가 들린 건 그 때문이었다. 폭격 때문에 잔뜩 겁에 질려 엄마가 있는 거실로 뛰어갔던 그날 밤처럼 전기도 들어오지 않았다. 엄마는 초에 불을 켰었지.

엄마를 찾아오는 사람은 많지 않았다. 종종 두 여자가 찾아왔다. 뚱뚱한 마들렌 루이와 시몬 부크로. 훗날 포송브론에 있는 프레데리크의 집에서 두 여자를 다시 보았지만, 그들은 나를 피했고 내게 엄마에 관해 이야기하고 싶어하지 않는 것 같았다. 어쩌면 뭔가 켕기는 것이 있는지도 몰랐다.

시몬 부크로는 미라처럼 작은 머리에 금발이었고, 너무 깡말라서 놀랄 정도였다. 갈색머리 여자는 "시몬이 약물중독 치료를 받았다"고 말했다. 그리고 어느 날 저녁, 저녁 식사가 끝난 후 그녀는 내가 방으로 올라갔다고 생각했는지 프레데리크와 지난 일을 이야기했다. "가여운 올가에게 그걸 대준 건 시몬이었어……" 나는 그 말을 종잇조각에 적어놓았다. 열네 살때부터, 나는 그들의 대화에서 엿들은 말을 이해해보려고 애썼다…… 나는 프레데리크에게 그 말이 무슨 뜻인지 물었다. "네 엄마는 사고를 당한 뒤로 가끔 모르핀을 썼단다." 나는 그녀가 무슨 사고를 말하는지 이해할 수 없었다. 엄마의 발목을 얘기하는 걸까? 모르핀은 고통을 완화하는 데 좋은 모양이었다.

나는 수화기를 귀에 댄 채 가만히 있었다. 목소리들이 나뭇잎 사이를 지나가는 바람 소리에 덮여버렸다. 나는 바람에 문과 창문들이 덜컹거리고, 쪽마루 위로, 거실에 있는 플러시 천으로 덮인 계단 위로 낙엽들이 날아오르는 모습을 그려보았다. 그 푹신한 천은 썩어서 이끼로 변했을 것이고, 창 유리들은 깨져버렸을 것이다. 수백 마리의 고양이들이 아파트를 휩쓸고 지나갔다. 엄마가 불로뉴 숲에서 잃어버린 개처럼 생긴 검은 개들도.

"알아들은 목소리라도 있나요?"

모로 바드마에브가 물었다. 그는 침대 위에 수화기를 내려놓더니 내게 미소지었다.

"아니요."

나는 수화기를 전화기 위에 올려놓고 전화기를 제자리에 갖다 놓았다.

"혼자 집에 돌아갈 일이 겁나네요."

내가 그에게 말했다.

"여기 있으면 되잖아요."

그는 당연히 그러면 되지 않느냐는 듯 머리를 끄덕였다.

"이제 일해야겠어요…… 라디오 소리가 방해가 안 되기를 바래요……"

그는 방에서 나가더니 낡은 전등갓을 들고 돌아와서는 그럭저럭 삼각대에 고정시켰다. 전구 불빛은 더 흐려졌다. 그는 라디오 근처의 침대 가장자리에 앉았다. 그리고 무릎 위에 서간용 노트를 올려놓았다.

"불빛이 너무 강하진 않은가요?"

나는 지금 이대로 아주 좋다고 대답했다.

나는 어둠에 잠겨 있는 침대 다른편에 몸을 뉘었다. 라디오에서는 조금 전의 후음이 많이 섞인 그 목소리가 흘러나왔다. 문장 사이에는 여전한 그 침묵. 그는 서간용 노트에 문장을 적어나가고 있었다. 나는 초록색 불빛에서 눈을 뗄 수 없었고, 그러다 마침내 잠이 들고 말았다.

수요일, 약사는 바르 쉬르 오브에서 돌아와 있었다. 내가 전화하자 그녀는 저녁때 만나면 어떻겠냐고 물었다. 그녀는 자기가 사는 곳으로 오라고 제안했지만, 지하철을 타고 혼자 파리를 가로질러갈 생각을 하니 다시 겁이 났다. 그래서 블랑슈 광장의 카페에서 저녁 식사를 하자고 그녀를 초대했다.

나는 저녁이 될 때까지 과연 무슨 일을 할 수 있을지 생각해보았다. 아이를 돌봐주러 다시 뇌이로 갈 용기는 나지 않았다. 특히 내가 두려웠던 것은 개가 사라졌던 지역, 공원 근처의 숲을 따라서 걸어가야 한다는 것이었다. 나는 거의 매일 포르트 마요 쪽으로 개와 함께 산책을 했었다. 그 시절만 해도 그곳에 루나 파크가 있었다. 어느 날 오후, 엄마는 내게 루나 파크에 가보지 않겠느냐고 물었다. 나는 엄마가 나와 함께 그곳에 갈 거라고 생각했다. 하지만 아니었다. 지금 다시 생각해보니, 엄마는 단지 그날 오후 내가 자기를 혼자 있게 내버려두기를 원했던 것 같다. 어쩌면 우리를 그 아파트에서 살 수 있게 해준 그 이름 모를 남자와 약속이 있었던 것인지도 몰랐다. 엄마는 거실 벽의 벽장문을 열고, 내게 고액권 지폐 한 장을 내밀더니 말했다. "루나 파크에 가서 재미있게 놀다 오렴." 나는 엄마가 왜 그 돈을 주는지 이해하지 못했다. 엄마가 뭔가에 너무 정신이 팔려 있는 듯해서 감히 거역하지는 못했다. 바깥으로 나오자 나는 루나 파크에 가지 말까 생각했다. 하지만 집에 돌아가면 엄마는 내게 이것저것 물을 것이고, 입장권이나 회전목마를 탈 때 산 표들을 보여달라고 할지도 몰랐다. 종종 엄마는 아이들은 거짓말을 한다는 틀에 박힌 생각을 했기 때문에 속이려 들어서는 안 되었다. 그리고 그 시절 나는 거짓말을 할 줄 몰랐다.

입구에서 표를 사는데, 내가 그렇게 큰돈을 내자 매표소 아저씨는 놀란 것 같았다. 그는 잔돈을 거슬러주고 나를 들여보내주었다. 겨울날이었다. 밤이라도 된 것 같았다. 유원지 놀이동산 한가운데서 악몽을 꾸고 있는 느낌이었다. 내게 가장 충격적이었던 것, 그것은 적막함이었다. 대부분의 가건물들은 문을 닫은 상태였다. 회전목마는 침묵 속에서 돌고 있었고, 목마 위에는 아무도 없었다. 길 위도 마찬가지였다. 썰매들이 전속력으로 급경사를 오르내리고 있었지만, 그것들도 비어 있었다. 제일 큰 회전목마 입구 어름에 나보다 나이가 많아 보이는 사내아이 세 명이 모여 있는 게 눈에 띄었다. 그들은 낡고 구멍 난 신발을 신고 있었는데, 그나마 짝짝이였다. 입고 있는 회색 외투는 너무 짧은데다 찢어져 있었다. 누군가에게 쫓기고 있는 듯 좌우로 살펴대는 품이, 루나 파크에 몰래 숨어들어온 모양이었다. 그 아이들은 큰 회전목마를 타고 싶어하는 것 같았다. 나는 그 아이들에게로 걸어가 제일 큰 아이에게 내게 남아 있던 지폐들을 주었다. 그리고 나를 그 놀이공원에서 내보내주길 바라면서 뛰어갔다.

아니다, 오늘은 발라디에 씨 집에 가지 않겠어. 하지만 그들에게 미리 알려야 했다. 나는 방에서 나와 담배 판매도 겸하는 '레 물랭' 카페에서 편지봉투와 종이를 산 뒤, 레자베스 광장의 우체국까지 걸어갔다. 나는 우체국의 한 창구 앞에 자리잡고 편지를 썼다.

친애하는 베라 발라디에 씨, 몸이 좋지 않아서 오늘은 댁의 아이를 돌봐주러 갈 수 없을 것 같습니다. 토요일까지 쉬는 것이 좋을 것 같습니다. 댁에는 평소처럼 오후 네시에 가겠습니다. 죄송합니다. 미셸 발라디에 씨에게도 안부 전해주십시오.

테레즈

제때 닿도록 속달로 편지를 부쳤다. 그러고 나서 동네를 산책했다. 날은 화창했고, 걷는 동안 기분이 나아졌다. 숨쉬기가 한결 편했다. 사크레 쾨르 성당 정원 기슭에 도착한 나는 어느 결에 오르내리는 케이블카를 쳐다보고 있었다. 나는 쿠스투 가의 내 방으로 돌아와 침대 위에 누워 모로 바드마에브가 빌려준 책을 읽어보려고 했다. 이번이 처음은 아니었다. 나는 책을 읽기 시작했다. 정신이 산만해지지 않도록 무진 애를 썼지만, 점프대 위에서 뛰고 있기라도 한 것처럼 계속 처음으로 되돌아갔고 머릿속에 남는 것은 첫 문장뿐이었다. "근교에 사는 주민들은 일반적으로 대도시 중심에 사는 사람들에게는 익숙한 안락함을 누리지 못한다."

*

약사와는 블랑슈 광장에 있는 카페에서 저녁 여덟시에 보기로 했다. 자그마한 개인 주택처럼 생긴 카페였다. 2층에 방이 있지만 1층에 있는 테이블에 앉아 있겠다고 그녀에게 말해두었다.

나는 반시간 먼저 도착해 블랑슈 광장을 향해 난 통유리창 근처의 테이블을 골랐다. 종업원이 무엇을 마시겠냐고 물었다. 얼음을 넣지 않은 위스키 한 잔을 주문하고 싶은 유혹을 느꼈다. 하지만 그건 바보짓이었다. 그럴 필요가 없었으니까. 평소 나를 짓누르던 무게가 느껴지지 않았다. 나는 그에게 기다리는 사람이 있다고 말했고, 그 간단한 말은 술 이름을 댔을 때만큼이나 기분 좋은 효과를 낳았다.

약사는 정각 여덟시에 카페에 들어섰다. 지난번과 똑같은 모피 외투와 굽 낮은 신발 차림이었다. 그녀는 금방 나를 찾아냈다. 그녀가 테이블 쪽으로 걸어오는 것을 보고 무용수처럼 걷는다는 생각이 들었지만, 다행스럽게도 그녀는 무용수가 아니라 약사였다. 그녀는 내 이마에 입을 맞추었고, 긴 의자에 앉아 있는 내 옆으로 와서 앉았다.

"지난밤보다는 좋아졌어요?"

그녀는 내게 미소를 지었다. 그 미소와 눈빛에는 보호자다운 어떤 것이 있었다. 정말이지 그녀의 눈이 녹색이라는 사실을 알아채지 못했었다. 약국 안락의자에 앉아 있었던 일요일에는 정말 어찌할 바를 몰랐고, 그 뒤 내 방에서는 불빛이 카페에서만큼 밝지 못했기 때문이다.

"기운 좀 차리라고 이걸 갖고 왔어요."

그녀는 외투 주머니에서 약 상자 두 개를 꺼내 의자 위에 늘어놓았다.

"이건 기침에 듣는 시럽이고…… 하루에 네 번 먹어야 해요…… 이건 잠이 오게 하는 알약…… 저녁때 한 알 먹는데, 몸이 좀 이상하다 싶을 때마다……"

그녀는 약들을 내 앞 테이블 위에 놓았다.

"그리고 비타민 B 12 주사를 맞는 게 좋을 것 같아요."

나는 고맙다고 간단히 말했다. 그 이상의 감사 표시를 하고 싶었지만, 소형 트럭에 치인 날 수녀들이 친절하게 솜에 묻힌 에테르 가스를 들이마시게 해줬던 일을 마지막으로, 누군가 내게 신경을 써준다는 사실에 더이상 익숙해지지 않았다.

우리는 잠시 아무 말 없이 가만히 앉아 있었다. 그녀에게서는 일종의 권위가 느껴졌지만, 그녀 역시 나만큼이나 내성적인 것 같았다.

"혹시 무용수 아니셨어요?"

그녀는 내 질문에 놀란 듯했고, 곧이어 웃음을 터뜨렸다.

"왜요?"

"조금 전에 무용수처럼 걷는다고 생각했거든요."

그녀는 대부분의 여자아이들처럼 열두 살때까지 무용을 배웠다고 말했다. 하지만 그 이상은 아니었다. 나는 비스킷 상자 바닥에 있던 사진 한 장을 생각했다. 발레복을 입고 있는 열두 살짜리 소녀 둘. 사진 뒤에는 보라색 잉크의 어린아이 글씨체로 이렇게 적혀 있었다. "조제트 다고리와 쉬잔." 쉬잔은 엄마의 진짜 이름이었다. 장 보랑의 차고 사무실 벽에는 그 사진과 똑같은 사진이 붙어 있었다. 그 사진을 찍은 당시만 해도, 아직 모든 것이 잘 되어가고 있었다. 도대체 언제 그 발목 부상 혹은 사고가 일어난 것이었을까? 엄마는 그때 몇 살이었을까? 이제와서 알기에는 너무 늦었다. 이젠 아무도 내게 그것에 대해 말해줄 수 없었다.

종업원이 우리 테이블로 오자, 약사는 내가 아무것도 주문하지 않은 것에 깜짝 놀랐다.

"안색이 이런데 기운 좀 차려야죠……"

모로 바드마에브도 같은 말을 했지만, 약사의 말이 더 권위가 있었다.

"그다지 배고프지 않아요."

"그럼 나와 나눠 먹어요."

나는 감히 거역하지 못했다. 그녀는 자기 음식의 반을 덜어주었고, 나는 눈을 감고 몇 입째인지 세어가면서 삼키려고 노력했다.

"여기에 자주 와요?"

특히 카페 문을 여는 아주 이른 아침, 하루 중 가장 기분 좋은 때에 이곳에 와요. 무거운 잠과 기분 나쁜 꿈을 끝장내버린다는 것은 얼마나 마음 놓이는 일인지.

"이 동네에 다시 와본 건 정말 오래간만이에요."

약사가 말했다.

그러고 나서 그녀는 유리 너머 블랑슈 광장 다른편에 있는 약국을 가리켰다.

"내가 처음 약사 노릇을 시작할 때, 저곳에서 일했어요…… 지금 일하는 곳보다는 덜 조용했지요."

어쩌면 그녀는 이곳에서 댄서 노릇을 하며 호텔 방에서 지내던, 사고가 난 이후의 엄마를 알지도 몰랐다. 연대가 머릿속에서 뒤죽박죽이 되었다. 나는 그녀에게 말했다.

"그 시절 이 근방에는 댄서들이 많았던 것 같아요. 혹시 그중 아는 사람 있으세요?"

그녀는 미간을 찌푸렸다.

"아, 알다시피 이 동네에는 없는 게 없지요……"

"밤에도 일하셨나요?"

"그럼요, 자주."

여전히 미간을 찌푸린 채였다.

"난 지나간 이야기 하는 걸 별로 좋아하지 않아요…… 거의 먹은 게 없네…… 그러면 못써요."

나는 그녀를 즐겁게 해주기 위해 마지막 한 입을 삼켰다.

"이 동네에 더 오래 머무를 생각이에요? 동양어 대학 근처에 방을 구할 수는 없을까?"

아, 그렇지. 지난밤 내가 동양어 대학을 다닌다고 말했지. 약사는 내가 여대생인 줄 알고 있다는 사실을 잊고 있었다.

"되는 대로 이사하려고 하고 있어요……"

지금 내가 앉아 있는 블랑슈 광장 카페의 이 긴 의자에 스무 해 전 엄마도 앉았을지 모른다고 말하고 싶었다. 그리고 내가 태어났을 때 엄마는 지금의 나처럼 쿠스투 가 11번지에 있는 어떤 방에 살았고, 어쩌면 지금 내가 사는 방이 그 방일 수도 있다고.

"학교 다니기는 아주 편해요. 블랑슈 역에서 지하철을 타면 세브르 바빌론까지 곧장 가거든요."

그녀는 이 거짓말에 속지 않는다는 듯 다시 빈정거리는 듯한 미소를 띠었다. 나는 입에서 나오는 대로 말하고 있었다. 나는 동양어 대학이 어디에 있는지조차 알지 못했다.

그녀가 말했다.

"너무 근심스러운 표정이네. 무슨 걱정이라도 있나봐요……"

그녀의 얼굴이 내 얼굴 가까이 다가왔다. 그녀의 녹색 눈은 여전히 나를 응시하고 있었다. 그녀는 내 생각을 읽고 싶어했고, 나는 감미로운 무감각 상태에 빠져 그 모든 이야기를 쉬지 않고 고백하려 하고 있었다. 약사는 모로 바드마에브처럼 내 말을 받아 적을 필요도 없을 것이다.

"이 동네에 좀더 있을 것 같고, 그러고 나면 다 끝날 거예요."

그녀가 녹색 눈으로 나를 응시하면 할수록 나는 내 안을 더욱 분명히 들여다볼 수 있었다. 내가 나 자신에서부터 떨어져나온 듯한 느낌마저 들었다. 그건 단순한 일이었다. 그날 밤, 갓 열아홉을 넘겼을까 한 밤색 머리의 젊은 여자가 블랑슈 카페의 긴 의자 위에 앉아 있었다. 넌 키가 1미터 60센티미터이고 꽈배기 무늬가 들어간 흰색 양모 스웨터를 입고 있어. 아직은 좀더 그곳에 있겠지만, 곧 다 끝날 거야. 네가 그곳에 있는 이유는 이해해보기 위해 마지막으로 세월을 거슬러 올라가고 싶어하기 때문이지. 모든 것이 시작된 것은 이곳, 블랑슈 광장의 전등 불빛 아래에서였어. 혹시 선택할 만한 다른 길이 있었는지, 상황이 달라질 수도 있었는지 마지막으로 알아보기 위해 너는 네가 태어난 곳으로, 출발점으로 되돌아온 거야.

"뭐가 끝난다는 거죠?"

그녀가 내게 물었다.

"아무것도 아니에요."

나는 그녀를 즐겁게 해주기 위해 다시 한 입 삼켰다.

"디저트를 좀 먹어야겠어요."

"고맙지만 더는 못 먹겠어요. 대신 뭘 좀 마시면 어떨까요?"

"지금 상태에선 술을 마시지 않는 게 좋아요."

나는 그녀의 빈정거리는 듯한 미소와 정확하게 말하는 방식이 좋았다.

"파리를 벗어나본 지 오래됐나요?"

나는 열여섯 살 이래로 파리를 떠나본 적이 없다고 대답했다. 잠시 만나던 뷔를리체르라는 남자가 북쪽 해안가로 두세 번 나를 데려간 걸 제외하면.

"가끔 바람을 쐬어야 해요. 토요일에 나랑 같이 가지 않을래요? 바르 쉬르 오브에서 아직 사흘 정도 더 보내야 하거든요…… 몸에 좋을 거예요…… 집은 시내 외곽에 있어요."

바르 쉬르 오브. 나는 상상해보았다. 동터오는 새벽하늘, 풀 위에 맺힌 이슬, 강가를 따라 산책하기…… 나는 아주 단순한 이름을 듣고도 꿈을 꾸었다.

약사는 토요일에 바르 쉬르 오브에 가겠냐고 다시 물어왔다.

"운 나쁘게도 오후에 일해야 돼요."

나는 그녀에게 말했다.

"하지만 저녁 여섯시에 출발할 건데……"

"그럼 가능하겠네요. 그렇게 제안해주시다니 정말 친절하세요."

베라 발라디에에게 평소보다 좀 일찍 떠나게 해달라고 부탁해야겠다. 그러면 아이는? 이틀 동안 아이를 바르 쉬르 오브로 데려간다고 해도 그들은 전혀 반대하지 않을 것이다.

*

우리는 가로수가 늘어선 대로를 따라 걸었다. 나는 그녀에게 오늘 밤 또 함께 있어달라는 말을 감히 꺼낼 수가 없었다. 모로 바드마에브에게 언제든지 전화할 수 있을 것이다. 하지만 혹시라도 그가 집에 없고 내일까지 밖에서 일해야 한다면?

약사는 내가 불안해하는 것을 느낀 것 같았다. 그녀가 내 팔을 잡더니 말했다.

"괜찮다면 집까지 데려다줄게요."

우리는 쿠스투 가로 접어들었다. 오른쪽 보도를 걸어 어두운 빛깔의 목재로 지은 카바레 '르 네앙' 이 있는 건물 앞을 지나가는데, 입구에 세워둔 안내판이 눈에 띄었다. "생크 베른과 그 아가씨들, 그리고 유령 열차." 그러자 프레데리크가 엄마에 대해서, 엄마가 고전발레를 포기하고 이런 곳에서 일하게 된 사고에 대해 이야기하면서 한 말이 기억 속으로 되돌아왔다. "도살장으로 끌려가는 경주마."

"어쨌든 유령 열차를 타고 싶지는 않은 거죠?"

약사가 내게 물었다.

그 미소에 안심이 되었다. 방에 들어서자, 그녀는 외투 주머니에서 약 상자들을 꺼내 침대맡 탁자 위에 놓았다.

"잊어버리진 않겠죠? 케이스에 복용법을 적어놓았으니까……"

그러고 나서 그녀는 내 쪽으로 몸을 숙였다.

"아주 창백하네요…… 파리를 벗어나서 사흘을 보내면 건강에 아주 좋을 거예요. 집 근처에 숲이 있어서 근사한 산책도 할 수 있어요."

약사는 내 이마를 짚어보았다.

"누워요……"

나는 몸을 뉘었고, 그녀는 내게 외투를 벗으라고 말했다.

"당분간 아가씨를 가까이에서 지켜봐야겠어요……"

이번에는 그녀가 모피 외투를 벗었다. 그녀는 다가와서 외투를 내게 덮어주었다.

"아직 난방이 들어오지 않네요…… 겨울을 나러 내 아파트로 와야겠어요."

그녀는 침대 가장자리에 앉아 그 녹색 눈으로 나를 다시 응시했다.

나는 포르트 마요 역에서 내려 아클리마타시옹 놀이공원을 따라 나 있는 오솔길을 걸었다. 날은 추웠지만 화창했고, 하늘은 투명한 파란색이었다. 어쩌면 모로코의 하늘이 그럴 것 같았다. 발라디에 씨 집 창문의 덧창은 닫혀 있었다. 초인종을 누르려는 순간, 문 밑으로 밀어넣은 편지가 보였다. 나는 편지를 주웠다. 내가 레자베스 우체국에서 수요일에 부친 편지였다. 나는 초인종을 눌렀다. 아무 대답이 없었다.

나는 입구 계단에 앉아서 잠시 기다렸다. 햇빛에 눈이 부셨다. 잠시 후, 일어나서 다시 초인종을 눌렀다. 그때 나는 기다려봤자 소용없다고 중얼거렸다. 그들은 떠났어. 압류 딱지를 붙였겠지. 마지막으로 여기 왔을 때 그럴 것 같은 예감이 들었어.

나는 손에 편지를 쥐고 있었다. 현기증이 이는 것이 느껴졌다. 이런 현기증이 시작된 것은 아주 오래 전, 다리를 건너가는 연습을 했던 포송브론 시절부터였다. 처음에는 뛰어서, 두번째는 성큼성큼 걸어서, 세번째는 다리 중간에서 최대한 느리게 걸으려고 노력했었다. 그리고 지금 역시 마음을 진정시키는 말들을 되뇌면서 다리 난간에서 떨어져 천천히 걸으려고 노력해야 했다. 바르쉬르 오브. 약사. 집 근처에 숲이 있어서 근사한 산책도 할 수 있어요. 나는 공원을 따라 오솔길을 걸어갔고, 덧창이 닫혀 있는 집으로부터 멀어졌다. 현기증이 점점 심해졌다. 문 밑으로 밀어넣었지만 아무 소용없었고, 결코 아무도 열어볼 일 없을 이 편지 때문이었다. 하지만 어쨌든 나는 레자베스 우체국, 다른 우체국들과 다를 바 없는 프랑스 파리의 한 우체국에서 그 편지를 부쳤었다. 모로코에서 내 앞으로 온 편지들도 이 편지처럼 봉해진 채로 남아 있었겠지. 봉투에 주소가 잘못 적혀 있거나 철자가 좀 틀렸을 뿐이지만, 그 이유만으로도 그 편지들은 하나둘씩 미지의 우체국에서 사라져버리기에 충분했다. 누군가 그 편지들을 다시 모로코로 돌려보내지 않은 한 말이다. 그러나 이미 모로코에도 아무도 없었다. 편지들은 그 개처럼 사라져버린 것이다.

*

지하철역에서 나왔을 때 여전히 해는 빛났고, 하늘은 모로코의 하늘처럼 푸르렀다. 퐁텐 거리의 '모노프리' 슈퍼마켓에 들러 물 한 병과 아몬드를 넣지 않은 밀크 초콜릿을 하나 샀다. 블랑슈 광장을 가로지른 후 지름길인 퓌제 가를 택했다.

나는 방에 들어가서 창문을 마주 보고 침대 가장자리에 앉았다. 물병은 바닥에 초콜릿은 침대 위에 놓았다. 나는 약사가 준 약병들 중 하나를 열고, 손바닥에 내용물 일부를 쏟았다. 작고 흰 알약들. 나는 알약들은 입에 털어넣고는 병째 물을 마시며 넘겼다. 그리고 초콜릿 조각을 깨물었다. 그렇게 여러 번 되풀이했다. 초콜릿을 먹으면 알약들은 더 잘 내려갔다.

*

처음에는 내가 어디에 있는지 알 수 없었다. 하얀 벽과 전등 불빛. 나는 쿠스투 가 내 방 침대가 아닌 다른 침대에 누워 있었다. 베개가 없었다. 내 머리는 맨 시트 위에 놓여 있었다. 갈색머리 간호사가 내게 요구르트를 갖다주러 왔다. 그녀는 내 머리 위쪽으로 약간 떨어진 곳 시트 위에 그것을 놓았다. 그녀는 나를 관찰하며 서 있었다.

나는 간호사에게 말했다.

"저걸 잡을 수가 없어요."

그녀가 대답했다.

"혼자 해봐요. 노력해야죠."

그녀는 가버렸다. 눈물이 쏟아졌다.

나는 커다란 유리상자 안에 있었다. 주위를 둘러보았다. 다른 유리상자들이 있었고, 그 안에는 수족관들이 들어 있었다. 나를 이곳으로 데려온 사람은 아마 그 약사였을 것이다. 우리는 저녁 여섯시에 만나 바르 쉬르 오브로 가기로 되어 있었다. 수족관 안에서 무언가 꼼지락거리고 있었는데 물고기들인 듯싶었다. 물이 흘러 떨어지는 소리가 점점 크게 들려왔다. 나는 오래 전에 빙하 속에 갇혔었고, 이제 그 빙하가 소리를 내며 녹아내리고 있는 것이었다. 수족관 안의 그림자들이 도대체 무엇일지 궁금했다. 나중에 들은 설명에 따르면, 병원에 자리가 없어서 나를 조산아 병실에 넣었다고 한다. 물이 흘러내리는 소리가, 그날부터 내게도 삶이 시작된다는 신호가 그러고도 오랫동안 귓가에 쟁쟁했다.

| 옮긴이의 말 |

# 버림받은 두 '작은 보석'의 이중주

1970년대 말 공쿠르 수상작인 『어두운 상점들의 거리』가 소개된 뒤로, 꾸준히 그 작품이 소개되는 행운을 누릴 수 있었던 파트릭 모디아노는 한국 독자들에게는 낯설지 않은 대표적 프랑스 작가이다. 파트릭 모디아노의 작품은, 한번 읽어본 독자라면 작가의 이름을 가려놓는다 하더라도 즉각 '모디아노의 작품이다'라고 알아볼 수 있을 정도로 그 분위기가 독특하다. 늘 안개라도 자욱이 끼어 있는 듯, 명확한 것, 확실한 것, 완결된 것이라고는 존재하지 않는다. 다른 세계에서 튀어나오기라도 한 듯 몽환적인 분위기의 등장인물들이 시간의 흐름과 주관의 변형작용을 거친 기억의 파편들에 의지하여 떠나는 과거로의 여행은, 투명하지도 않고 설명되어지지도 않는 수수께끼 같은 삶의 고갱이로의 침잠이다. 당연히 작품을 다 읽고 난후에도 주인공의 과거에 대한 궁금증이 풀리지는 않는다. 작가 자신도 그 답을 모르니, 질문만 던져놓았지 속 시원한 답을 줄 수 없을 것이다.

모디아노가 2001년도에 선보인 『작은 보석』 역시 겉보기로는 모디아노 특유의 분위기에 충실하다. 갓 청소년기를 벗어난 나이의 테레즈는 어느 날 퇴근 인파로 붐비는 샤틀레 전철역 통로에서 노란 외투를 입은 한 여인을 본다. 충격적이게도 그 여인은 모로코에서 죽은 것으로 알고 있던 엄마와 너무 똑같이 생겼다. 테레즈는 뭘 어쩌겠다는 뚜렷한 의식도 없이, 무작정 여인의 뒤를 쫓는다. 엄마라고 생각되는 여인과의 만남은 의식 밑바닥에서 잠자고 있던 유년기의 기억들을 의식 표면으로 불러올리고, 아물었다고 생각했던 과거의 상처들은 전보다 더 크게 벌어져 테레즈의 현재를 위협한다. 여태껏 그래왔듯 망각함으로써 과거에서 벗어난다는 것은 이제 불가능하다. 과거와 대면해야 하는 것이다. 조각난 기억들을 그러모아 과거를 재구성하고, 그토록 두려움을 불러일으키는 것의 정체를 파악해야 한다. 모디아노 소설의 주인공답게, 테레즈 역시 존재의 뿌리를 흔들어놓을지도 모를 과거로 여행을 떠난다. 화자이자 주인공인 테레즈는 지나치게 정확하여 오히려 비현실적으로 보이는 시공간적 지표들 사이로 과거의 편린들을 찾아 떠돈다. 그리고 과거의 수렁 속으로 빠져드는 테레즈에게 손을 내미는 선의의 타인들인 모로 바드마에브와 약사 여인이 있다.

『작은 보석』의 등장인물들의 실재감이 강하지 못하다면, 그것은 작가가 이들을 형상화하는 독특한 방식 때문일 것이다. 확대경 노릇을 하는 테레즈의 눈을 통하여, 테레즈에게 강한 인상을 주는 부분들이 클로즈업되고 나머지 부분은 생략되거나 거칠게 처리된다. 자신의 감정을 언어화하는 데 곤란을 겪는 테레즈로부터 말을 이끌어내는 언어의 마법사 모로는 피아노를 치면 잘 어울릴 것 같은 잘생긴 손의 이미지로 요약되고, 테레즈에게 인정을 베푸는 약사는 모피외투의 부드럽고 따뜻한 이미지로 남는다. 테레즈의 어머니로 추정되는 여인은 그녀가 늘 걸치고 다니는 노란 외투로 자신의 삶을 말해준다. 한때는 화려했으나 지금은 빛 바랜 노란 외투는 어머니로서 부적격자였던 그녀의 실추한 삶의 현주소이다. 이렇듯 세밀하게 관찰된 신체의 한 부위나 소품 하나로 형상화되고 삶의 한 시기에 포착되어 개인의 역사가 생략된 테레즈의 주변 인물들은 작품의 비현실적인 분위기를 거든다.

모디아노는 이십 년 전 『썩 괜찮은 녀석들 *De si braves garçons*』에 스쳐가듯 등장했던 소녀를 끄집어내어 '작은 보석' 테레즈로 형상화했다. 간직하고 싶지 않은 유년기의 기억과 모녀관계가 중심에 놓인 『작은 보석』은 기존의 작품들과는 다르게, 두

드러지게 정신분석학적 접근을 부추긴다. 테레즈는 특정 장소에서 병적 불안감에 시달리며 거식증세마저 보이고, 상징으로 가득한 꿈을 꾼다. 테레즈의 이야기를 귀기울여 들어주는 모로 바드마에브와 약사는 어느 모로 보나 그녀의 정신적 외상을 치료하는 정신분석의의 역할을 한다. 테레즈의 간헐적 고백과 회상이 거듭되면서, 무용수로서의 꿈이 좌절된 후 카바레에서 직업 무용수 노릇을 하며 수상쩍은 생활을 영위했던 어머니의 삶과 그 어머니가 방기한 딸의 현재의 삶 사이의 연관이 드러나며, 테레즈 안에 도사리고 있던 유년기의 분노, 고통, 상처도 함께 모습을 드러낸다.

『작은 보석』을 놓고 모디아노의 그 어떤 소설들보다도 음울하다는 평이 있다면, 아마도 자기방어 능력이 모자라는 어린 아이의 고통과 눈앞에 펼쳐지는 그 고통을 보면서 무익한 분노에 시달리게 되는 독자의 감정이 상승작용을 한 결과일 것이다. 보통 아이들이라면 부모에게서 물리게 듣는 애칭으로서의 '작은 보석(프랑스어로 '우리 아가' 라는 뜻)' 과, 어머니가 이름 한번 다정하게 불러준 적이 없는 어린 테레즈가 역설적이게도 예명으로 갖게 된 '작은 보석', 이 두 '작은 보석' 사이의 거리는 어린 테레즈의 절망만큼이나 아득할 뿐이다.

모디아노는 현재의 삶을 담보로 유년기의 기억과 사투를 벌이는 테레즈라는 젊은 여인의 이야기를 그저 평면적으로만 들려주지 않는다. 테레즈가 아르바이트 삼아 방과 후에 돌봐주기로 한 발라디에 부부의 어린 딸, 멀쩡한 이름이 있는데도 그저 '아이'라는 보통명사로 불리는 그 계집아이는 어린 테레즈의 분신이다. 테레즈가 유년기를 겪은 이래 십 년이 넘는 세월이 흘렀지만, 어린 테레즈와 어머니의 관계는 또다른 모녀에 의하여 반복되고 있는 것이다. 어린 '테레즈'들은 도처에 어느 때고 존재했고 지금도 존재하고 있다는 작가의 암시는 음울하고 비극적이다. 냉철한 현실 인식이라기에는, 어린 테레즈의 운명과 이름 없는 계집아이의 운명간의 유사성이 왠지 끔찍하다. 피해갈 수 없는 운명을 상기시켜서일까. 버림받은 두 '작은 보석'의 이중주, 작품에 깊이와 울림을 주며 오래도록 여운을 남기는 이 이중주가 없었다면 이 소설이 갖는 의미는 축소되었을지도 모르겠다.

테레즈의 분신인 계집아이는 테레즈의 자살 기도에도 간접적으로 작용한다. 유년기의 추억이 서린 불로뉴 숲 근처에 있는 아이의 집으로 가서 아이를 대면할 상태가 아니었던 테레즈는 약속을 다음주로 미룬다는 편지를 보낸다. 그러나 다음주, 아이 집에 도착한 테레즈를 기다리고 있는 것은, 온 가족이 사라져버린 텅 빈 집과 우체부가 현관문 밑으로 밀어넣은 상태 그대로 아무도 뜯어보지 않은 자신의 편지였다. 기다리다 실망할까봐 보냈으나 아이가 결국 읽어보지 못한 자신의 편지에, 모로코로 떠나버린 엄마가 보냈을, 그러나 자신의 손에 들어오지 못한 편지들이 겹쳐진다. 그 누구의 귀에도 가닿지 않은 절망적인 비명처럼 수취인을 만나지 못한 편지들, 그리고 돌이킬 수 없는 단절. 엄마의 엽서를 기다리다가 기다림이 실망감으로, 실망감이 절망감으로 바뀌던 그 순간들이 허공에 떠버린 편지를 계기로 솟구쳐올라 테레즈의 현재를 뒤흔들어놓은 것이었을까? 테레즈는 자살을 기도한다.

『작은 보석』은 모디아노의 기존 소설들에서는 볼 수 없었던 색다른 결말을 선보인다. 어디서 시작하여 끝나는지 모르게 결말이 나던 것과는 달리, 이 소설은 병원에서 깨어난 테레즈가 물 흐르는 소리를 들으며 자신을 가두고 있던 얼음이 녹아내리고 새 삶이 시작되려 한다고 생각하는 장면으로 끝을 맺는다. 자살 기도를 통해 어두웠던 과거의 밑바닥까지 내려갔던 테레즈는 이제 유년기로의 여행을 끝마치고 비로소 젊은이답게 미래를 꿈꾸게 된 것이다. 두 '작은 보석'의 이야기에 마음 아파했던 독자들에게 보상이라도 해주려는 듯, 모디아노는 드물게도 밝고 희망찬 결말을 선사한다. 너무 의도적인 결말일까? 그러나 앞으로도 무수한 어린 '테레즈'들이 존재하리라고 생각하면, 차라리 이 결말에 마음이 놓인다.

이미 한국 독자들에게 그 작품세계가 잘 알려져 있고, 또 기꺼이 그 세계를 즐길 준비가 되어 있는 독자들이 기다리는 작가의 작품을 번역하는 작업은, 이미 앞서 나온 작품들의 번역들과 비교 평가될 값에 번역가로서는 즐거운 일이다. 근본적으로 낯설 수밖에 없는 외국 작품에 대하여 있기 마련인 저항과 수용의 길항 단계를 이미 거친 상태이니만큼, 모디아노의 작품들은 우리의 문학 풍토 어딘가에 자기 자리를 이미 마련해놓은 셈이니까.

모디아노의 한국 독자들이 나의 번역을 통하여 『작은 보석』을 만날 기회를 마련해 준 문학동네에 감사드린다.

2005년 여름

정혜용

지은이 **파트릭 모디아노**
1945년 프랑스 불로뉴 비양쿠르 출생. 1968년 『에투알 광장』으로 로제 니미에상, 페네옹상을 받으며 데뷔했다. 1972년 『외곽 순환도로』로 아카데미 프랑세즈 소설 대상을, 1978년 『어두운 상점들의 거리』로 공쿠르상을 수상했고 1984년과 2000년에는 전 작품에 대해 각각 프랭스 피에르 드 모나코상, 폴 모랑 문학 대상을 수상했다. 그 밖의 작품으로 『혈통』 『한밤의 사고』 『신원 미상 여자』 『도라 브루더』 등이 있다. 2014년 노벨문학상을 수상했다.

옮긴이 **정혜용**
서울대학교 불어불문학과와 동대학원을 졸업하고, 파리 3대학 통번역 대학원(E.S.I.T)에서 번역학 박사학위를 받았다. 『아홉의 손, 은화 한 닢』 『마르틴과 한나』 『단추전쟁』 『집착』을 우리말로 옮겼다.

문학동네 세계문학
작은 보석

1판 1쇄 2005년 7월 22일 | 1판 2쇄 2014년 10월 17일

지은이 파트릭 모디아노 | 옮긴이 정혜용 | 펴낸이 강병선
책임편집 김지연 | 저작권 한문숙 박혜연 김지영
마케팅 정민호 이미진 김은지 양서연 | 온라인 마케팅 김희숙 김상만 한수진 이천희
제작 강신은 김동욱 임현식 | 제작처 상지사 P&B

펴낸곳 (주)문학동네
출판등록 1993년 10월 22일 제406-2003-000045호
주소 413-120 경기도 파주시 회동길 210
전자우편 editor@munhak.com | 대표전화 031) 955-8888 | 팩스 031) 955-8855
문의전화 031) 955-1927(마케팅) 031) 955-2654(편집)
문학동네카페 http://cafe.naver.com/mhdn

ISBN 89-8281-970-3 03860

www.munhak.com

## 파트릭 모디아노

Patrick Modiano

현존하는 프랑스 작가 중 탁월한 문학성을 인정받고 있는 현대문학의 거장. 현대인의 의식세계와 정체성의 문제를 특유의 몽환적이고 신비로운 언어로 탐색해왔다. 소설가로 글을 쓰기 시작하면서부터 두 해에 한 번씩 꾸준히 작품을 발표해 여전히 많은 독자들의 기대를 한몸에 받고 있는 '젊은' 작가이다. 2014년 노벨문학상을 수상했다.

### 어두운 상점들의 거리 **김화영 옮김**

공쿠르상 수상에 빛나는 모디아노 최고의 걸작. 프루스트가 말한 존재의 근원으로서의 '잃어버린 시간'을 슬픔이 가득 담긴 신비와 몽상의 언어로 탐색한다. '인간존재의 소멸된 자아 찾기'라는 보편적 주제의식을 명징하게 보여주는 소설.

### 도라 브루더 **김운비 옮김**

어느 날 우연히 옛날 신문의 한 귀퉁이에서 열다섯 살 소녀의 실종기사를 발견한 주인공이 역사의 어둠 속으로 사라져버린 소녀의 행방을 찾아나선다. 천년이 지나도 되살아날 과거의 추억이 빛나는 감동적인 소설.